Christmas Miracle

Bezaubernde Weihnachten

Ein Pink Powderpuff Books-Roman

DANIELA FELBERMAYR

ISBN: 1978442114
ISBN-13:978-1978442115

Text & Titel: Daniela Felbermayr
Cover: www.rausch-gold.com, Catrin Sommer unter Verwendung von shutterstock
Korrektorat: S.W. Korrekturen e.U.

www.pink-powderpuff-books.com
dany@pink-powderpuff-books.com
Folgen Sie Pink Powderpuff Books auf Facebook oder Instagram

EINS

„Also … ich kann sie nicht nehmen. Ich meine, es würde tagsüber an Heiligabend gehen, aber dann müsste sie spätestens um fünf weg."

„Was bringt es, wenn sie den Tag des Heiligen Abends bei dir verbringt? Da ist ja noch nicht mal das eigentliche Fest. Und wenn sie ohnehin den ganzen Tag bei euch wäre, warum kann sie dann nicht mit euch Weihnachten feiern?"

„Na und? Sie könnte mit uns mittagessen und den Nachmittag verbringen. Und wieso nimmst du sie nicht, wenn du schon so große Töne spuckst?"

„Bei uns geht's nicht. Wir verbringen die Feiertage bei Tiffanys Eltern. Wir sind vom dreiundzwanzigsten bis Neujahr nicht in der Stadt. Danach könnte sie ein paar

Tage bei uns bleiben.“

„Danach? Danach sind die Feiertage aber vorbei. Mein Gott.“

„Ich könnte sie am siebenundzwanzigsten nehmen, wenn sie jemand zu mir fährt. Dan hat da ein Meeting und braucht das Auto. Also wenn sie am siebenundzwanzigsten jemand zu mir fahren kann, kann sie den Tag bei mir verbringen.“

Riley sah kurz von ihrem Teller auf und widmete sich dann wieder dem übergroßen Stück Kürbis-Schoko-Kuchen, das ihre Mutter ihr daraufgelegt hatte und das in diesem Jahr noch köstlicher schmeckte als in all den Jahren zuvor. Dass der Kuchen noch köstlicher schmeckte als bisher, lag vermutlich daran, dass Randy nicht mehr da war, der bei jedem Bissen die Augen verdrehte, als wäre sie ein Fass ohne Boden, und ihr im Anschluss an das Familienessen Vorwürfe machte, weil sie „zu viel“ aß und immer fetter und fetter wurde. Sie kam sich vor wie ein Hund, der nicht mit in den Urlaub konnte und den man auch nicht im Tierheim unterbringen konnte, weil alle Plätze schon vergeben waren. Oder wie eine alte, verschrobene Tante, die man halbherzig zweimal im Jahr im Seniorenheim besuchte, aber alles tat, um zu vermeiden, sie die ganzen Weihnachtsfeiertage über am Hals zu haben.

„Also wenn wir niemanden finden, der sie an Weihnachten aufnimmt, dann werden wir fragen müssen, ob man noch ein Zusatzbett in unsere Kabine auf dem Schiff stellen kann, Jack.“ Elaine Collins sah ihren Mann an, der die Augen verdrehte, genau so, wie Randy es getan hatte, wenn Riley irgendetwas Essbares vor ihm zu sich genommen hatte, was mehr als nur drei Kalorien aufwies. Ebenso wie Riley selbst konnte er sich vermutlich etwas Spannenderes vorstellen, als die von langer Hand geplante und oftmals aufgeschobene Weihnachtskreuzfahrt nicht in trauter Zweisamkeit mit seiner Frau, sondern obendrein noch mit seiner vierunddreißigjährigen Tochter zu verbringen, die ihrem langjährigen Freund vor einem Monat den Laufpass gegeben hatte. Riley legte die Kuchengabel auf den mittlerweile leeren Teller und sah auf. Acht besorgte Augenpaare blickten ihr entgegen.

„Ach, hättet ihr euch doch erst nach Weihnachten getrennt“, sagte Lisa, Rileys jüngere Schwester. „Es ist doch allgemein bekannt, dass selbst Paare, die sich nicht mehr richtig leiden können, mit der Trennung lieber bis nach Weihachten warten, damit keiner allein feiern muss.“

„Leute, ich *kann* Weihachten auch alleine verbringen. Ich bin schon ein großes Mädchen. Und Lisa, ich wäre lieber Kim Jong Uns persönlicher Arschabwischer geworden, als noch einen Tag länger mit Randy, diesem dreckigen Mistsack, zusammenzubleiben.“

„Riley“, rief Elaine. Sie war immer noch darauf bedacht, ihre Töchter zu feinen jungen Damen zu erziehen, die sich in jeder Situation angemessen benahmen. Dass Riley bereits Mitte dreißig war, schien sie dabei nicht zu stören.

„Ich meine ja nur, Mum, ihr macht hier viel Lärm um nichts. Ich habe die letzten vierunddreißig Jahre Weihnachten im Kreise der Familie gefeiert. Es wird mich nicht umbringen, wenn ich einmal alleine bin. Ich kann mich mit Freunden treffen, am ersten Weihnachtstag den ganzen Tag über im Bett bleiben, fernsehen und es mir gemütlich machen. Dann habe ich einmal zur Abwechslung keinen stressigen Terminplan an den Feiertagen, muss nicht von einem Besuch zum nächsten hetzen und kann so richtig abschalten. An Silvester gehe ich vielleicht mit Kate und Ashley zum Times Square. Ihr müsst euch keine Sorgen um mich machen."

„Mir ist aber nicht wohl bei der Sache, dass du die Feiertage über niemanden hast. Außerdem wirft es doch ein furchtbar schlechtes Licht auf unsere Familie, wenn wir alle etwas vorhaben und du alleine bist." Elaine ließ es nicht gelten, dass ihre Tochter sich aus der Affäre ziehen wollte. „Vielleicht frage ich Hank und Patsy Greenbaum. Die beiden sind bestimmt zu Hause. Vielleicht kannst du zumindest vom fünfundzwanzigsten zum sechsundzwanzigsten bei ihnen verbringen. Kelly und ihr Mann leben in Südfrankreich und waren schon seit Jahren nicht mehr an Weihnachten zu Hause. Die beiden freuen sich bestimmt, wenn du ihnen Gesellschaft leistest."

„Ich möchte Weihnachten nicht bei den Greenbaums verbringen, Mum", sagte Riley ruhig, „und ich möchte es auch mit niemand anderem verbringen. Ich werde mir ein paar angenehme Tage zu Hause machen. Und wenn ihr alle wieder zurück seid, feiern wir das Familienweihnachten nach. Ich lade euch alle zum Essen ein.“

„Das ist mal eine Ansage“, meldete Rileys jüngerer Bruder Jake sich zu Wort.

„Klingt gut, Schwesterchen“, stimmte auch Lisa mit ein. Ihr zweiter Bruder, Jeff, zeigte seine Zustimmung, indem er beide Zeigefinger nach oben reckte, und nur Elaine sah etwas geknickt aus.

„Dann wäre das also geklärt.“ Riley lächelte. „Mum, kann ich noch ein Stück Kuchen bekommen?“

Als Riley an diesem Abend zurück nach Hause in ihr Appartement in Midtown kam, war sie völlig erledigt. Ihrer Mutter hatte es nicht besonders geschmeckt, dass sie die Feiertage allein verbringen wollte, und wenn Riley ehrlich mit sich war, dann … schmeckte es ihr auch nicht besonders. Allerdings wollte sie sich nicht in all die Feiertagspläne drängen, die ihre Familienmitglieder bereits vor Monaten gemacht hatten, als sie und ihre Geschwister ihren Eltern diese Kreuzfahrt zum fünfunddreißigsten Hochzeitstag geschenkt hatten. Damals war sie noch mit Randy zusammen gewesen und hatte damit gerechnet, dass sie die Feiertage bei seiner Familie in Queens verbringen würden. Sie würden am vierundzwanzigsten anreisen, gemeinsam mit Randys Eltern, seinen beiden Schwestern, deren Ehemännern und ihren Kindern zu

Abend essen, Wein trinken und Kekse essen und am fünfundzwanzigsten Geschenke austauschen. Dann würden sie weiter zu Rileys Eltern nach Long Island fahren und dort dieselbe Prozedur mit deren Eltern und deren Geschwistern noch einmal durchleben. Sie würden bis zum siebenundzwanzigsten bei Rileys Familie bleiben und Silvester mit Freunden auf einer Party begehen. So wie immer. So wie die letzten neun Jahre. Doch diesen Plan hatte die Frau zunichtegemacht, die plötzlich, eines schönen Abends Ende September, vor dem Haus stand, das Riley mit Randy gekauft hatte, und in gebrochenem Englisch behauptete, das Baby, das sie an ihre Brust gedrückt hielt, wäre seins, und sie wäre die zweite Freundin, die Randy neben seiner Beziehung zu Riley unterhielt.

Riley wollte an diesen unsäglichen Abend im September gar nicht zurückdenken, doch die Ereignisse hatten sich längst wieder in ihren Kopf geschlichen und ließen sich nicht mehr hinauskatapultieren. Sie seufzte, als sie in der Küche das Licht anmachte und eine Flasche Rotwein aus dem Weinschrank holte, während die Erinnerungen an diesen einen Tag, den sie so liebend gern aus ihrem Gedächtnis gestrichen hätte, sie überwältigten.

Sie war gerade von dem Spinningkurs zurückgekommen, den sie gemeinsam mit ihrer Freundin Ashley seit drei Wochen besuchte und der ihnen – hauptsächlich wegen des ziemlich knackig anzusehenden Trainers – immer mehr zu gefallen begann. Sie erinnerte sich, wie sie aus der Dusche gekommen war, sich in ihren Bademantel gekuschelt hatte und daran dachte, dass dieser Abend noch eine Tafel Schokolade und zwei neue Folgen Grey's Anatomy für sie bereithielt. Das Standardprogramm quasi, wenn Randy nicht zu Hause war, der sich über die „idiotische Story" bei Grey's Anatomy beklagt und sie verächtlich angesehen hätte, hätte sie vor ihm Schokolade gegessen. Sie hatte den Fernseher angemacht und wollte sich gerade gemütlich auf die Couch fallen lassen, als es plötzlich klingelte. Um diese Uhrzeit klingelten in Mason Heights, einem ruhigen Stadtteil in Suffolk County, nur noch Nachbarn, die sich vielleicht eine Tasse Zucker borgen wollten oder bei denen zufällig ein Brief eingeworfen worden war, der nicht für sie bestimmt war. Riley schmunzelte. In ihrem Fall war es vielleicht auch Karen Miller von gegenüber, die auf ein Schwätzchen vorbeikommen und sich gemeinsam mit Riley Grey's Anatomy ansehen wollte, weil sie ebenfalls einen Mann hatte, der mit McDreamy und McSteamy nicht so wirklich viel anfangen konnte. Die junge Frau, die tatsächlich vor der Tür stand, hatte Riley noch nie gesehen. Sie schätzte sie auf höchstens Mitte zwanzig, ihr volles, langes, schwarzes Haar fiel in Wellen über ihre Schultern und aus einem hübschen Gesicht strahlten ihr zwei braune Augen entgegen. Die Frau vor der Tür hatte volle

Lippen, die mit rosa Lipgloss in Szene gesetzt worden waren, sie trug Shorts und ein knappes Ripptop, obwohl es Ende September war und – das wohl Unpassendste an der gesamten Erscheinung war das Baby, das sie an ihre Brust gedrückt hielt.

„Kann ich Ihnen helfen?"

Riley hatte Mitleid mit der Frau, die da in dieser ziemlich kühlen Septembernacht vor ihrer Tür stand, und ging in Gedanken ihren Kleiderschrank durch. Diese arme Frau brauchte auf alle Fälle lange Hosen und einen Pulli, vielleicht eine Decke und eine Tasse heißen Tee. Allerdings konnte Riley sich nicht vorstellen, dass sie in ihre Größe-40-Klamotten passen würde. Das Baby in ihrem Arm schlief tief und fest und war in einen warmen Strampelanzug gepackt worden. Außerdem hatte es eine Mütze mit einem niedlich aussehenden Bären darauf auf dem Köpfchen.

„Ja. Sie können Ihren Mann endlich freigeben." Die Frau sprach in südamerikanischem Akzent. Vermutlich kam sie aus Kolumbien oder Brasilien. Riley verstand nicht.

„Wie bitte? Meinen Mann?"

Es musste sich um ein Missverständnis handeln. Sie und Randy waren nicht verheiratet. Riley überlegte, welchen Mann die Frau hier wohl meinen konnte. Da war doch kürzlich dieses Ehepaar am Ende der Straße eingezogen, sie hatte immer einen etwas mürrischen Blick drauf und er wirkte relativ gelassen. Gut möglich, dass der Typ sich seine Entspannung bei dieser

Brasilianerin abholte.
„Ja. Randy sagt mir ständig, dass er Sie verlässt, aber Sie würden ihn nicht gehen lassen und ihn erpressen, damit er bei Ihnen bleibt. Sie nehmen mir den Mann weg und meinem Sohn seinen Vater."
Rileys Herz setzte einen Schlag aus. Sie fragte sich, ob sie tatsächlich den Namen „Randy" vernommen oder ob sie sich das nur eingebildet hatte. Es musste einfach ein Missverständnis sein. Vielleicht war sie ja auf der Suche nach einem ganz anderen Randy. Ihr Randy war zwar dienstlich ziemlich oft in Brasilien, aber … nein. Er war mit Sicherheit nicht der fleischgewordene Ken, der seiner Barbie die Sterne vom Himmel holte und ihr jeden Wunsch von den Augen ablas, er hatte seine Macken und Fehler und dieser Tick mit dem Essen nervte sie ziemlich, aber ihr eine zweite, heimliche Familie vorzuenthalten, das traute sie ihm auf gar keinen Fall zu. Sie versuchte, sich daran zu erinnern, wo Randy im Augenblick war und wie spät es dort wohl sein mochte, doch sie konnte sich weder an das eine noch das andere entsinnen.
„Miss, ich glaube, hier liegt ein Missverständnis vor", begann Riley, doch die Brasilianerin fiel ihr ins Wort.
„Das einzige Missverständnis sind Sie. Lassen Sie Randy endlich gehen. Sein Sohn braucht ihn. Ich brauche ihn. Sie haben keine Kinder. Sie können sich einen anderen Mann suchen."
„Noch einmal, Miss, ich glaube nicht, dass mein Freund der Vater Ihres Kindes ist."

Die Brasilianerin rollte genervt mit den Augen und für einen kurzen Moment erinnerte diese Geste sie an Randy. Dann zog sie mit der linken Hand ein Foto aus ihrer Jeanstasche und reichte es Riley. In ihrem ganzen Leben würde sie den Augenblick nicht mehr vergessen, in dem sie das Bild von Randy sah, wie er überglücklich neben der Frau am Krankenbett saß, seinen rechten Arm um sie gelegt hatte und ein Neugeborenes in seinem linken Arm wiegte. Sie erinnerte sich daran, wie fremd Randy in dem Moment gewirkt hatte. Dass ihr kurz der Gedanke kam, der Mann auf dem Bild würde ihm vielleicht ähnlich sehen, aber doch niemals Randy sein. Sie und Randy hatten schon von Anfang an beschlossen, dass sie keine Kinder haben wollten. Sie wollten sich die Welt ansehen, unabhängig und spontan sein. Ein Leben führen, in das ein Kind nicht so ganz hineingepasst hätte. Und Randy war auch niemals müde geworden, das wieder und wieder zu wiederholen. Er hatte sich deshalb sogar für zwei Jahre richtig heftig mit seinem Vater zerstritten, weil der der Meinung war, ein Paar, das so lange zusammen war wie er und Riley, müsste heiraten und zumindest ein Kind bekommen. Riley wurde schwindelig.

Ein Schaudern lief ihr den Rücken hinunter, als sie an die Augenblicke dachte, die ihr Leben so drastisch veränderten. Sie hatte die Frau mit dem Baby hereingebeten, um den Nachbarn nicht unnötigen Stoff für Tratsch zu geben. Dann hatte sie Randy angerufen, der auch diesmal wieder auf einer Geschäftsreise, diesmal in Korea – vielleicht hatte er auch dort eine weitere Freundin und ein weiteres Baby –, war und es noch nicht einmal der Mühe wert fand, sich irgendwie aus der Sache herauszureden. Er sagte ihr, er habe schon viel früher damit gerechnet, dass sie ihm auf die Schliche komme, sich eben in Juanita verliebt und der kleine Diego war vor sieben Monaten zur Welt gekommen. Sieben Monate! Wenn das Baby jetzt sieben Monate alt war, dann musste die Sache zwischen ihnen mindestens eineinhalb Jahre, wenn nicht viel länger laufen. War sie tatsächlich so blind gewesen, nicht zu bemerken, dass Randy die ganze Zeit über eine Affäre – eine ernst zu nehmende Affäre – hatte? Ja, sie hatte sich gewundert, dass seine Dienstreisen ihn so häufig nach Rio führten. Dass er manchmal sogar zwei Wochen lang dortblieb oder bereits Freitagabend hinflog, wenn er erst Montag oder Dienstag ein Meeting hatte. Das alles hatte sie immer damit abgetan, dass er eben ein Mensch war, der sehr genau arbeitete, sich auf die jeweiligen Meetings vorbereiten wollte und nicht mit Jetlag kämpfen oder vom Flughafen ins Büro hetzen wollte. Vielleicht aber waren dies all die Monate über nur Ausreden gewesen, um nicht weiter darüber nachdenken zu müssen, dass es in der Tat merkwürdig war, warum Randy so viel Zeit in Brasilien verbrachte. Sie selbst musste sich eingestehen, dass sie die Zeit ohne ihn genoss. Es war angenehm, nicht wegen ihrer

Figur angepöbelt zu werden oder sich jedes noch so kleine Stück Schokolade zu verkneifen, weil es Randy nerven könnte. Der führte in der Zwischenzeit am Telefon weiter aus, er habe zwar mehrfach versucht, ihr zu sagen, dass er eine neue Freundin – und ein Kind – hatte, doch es habe sich nicht ergeben. Es habe sich nicht ergeben. All die Zeit über hatte es sich zwar ergeben, dass er ständig zwischen New York und Brasilien pendelte, es hatte sich ergeben, dass er eine Mittzwanzigerin schwängerte und Vater wurde, aber es hatte sich nicht ergeben, seiner langjährigen Partnerin all das mitzuteilen. Als Riley kraftlos in den Hörer atmete, versuchte er sogar noch, ihr die Schuld dafür zu geben. Seine letzten Worte hallten in ihrem Gedächtnis wider, und sie wusste, sie würde sie nie mehr losbekommen.

„Es ist alles deine Schuld. Wärst du nicht so fett und hässlich, würdest du nicht nur herumsitzen und alles Essbare in dich hineinschaufeln wie eine Beutelratte auf einer Müllhalde, wäre das nie passiert."

Dann hatte er – ganz Randy-like – den Hörer aufgeknallt, und Riley hatte ihr Handy ungläubig aus der Hand gelegt. Noch vor nicht einmal einer halben Stunde hatte sie sich auf zwei Folgen mit McDreamy und eine Tafel Hersheys Mandelschokolade gefreut. Jetzt stand sie vor den Scherben ihrer Beziehung und fragte sich, wer all die DVDs aufteilen sollte, die sie und Randy in den letzten zehn Jahren gemeinsam gekauft hatten.

17. DEZEMBER

NOCH SIEBEN TAGE BIS HEILIGABEND

ZWEI

Der nächste Tag führte Riley nach dem Büro in Daisys Deli, einen kleinen Laden, den sie unweit des Appartements entdeckt hatte, das sie seit der Trennung bewohnte. Dass sie neben ihrer Beziehung auch noch das Haus verloren hatte, das sie zur Hälfte bezahlt und jahrelang liebevoll eingerichtet hatte, fiel ihr fast noch schwerer als die Vorkommnisse der vergangenen Monate. Doch nachdem die Trennung tatsächlich Form angenommen hatte und sie das ganze Ausmaß des Doppellebens, das Randy geführt hatte, erkannte, war sie nicht mehr in der Lage gewesen, sich in einem sich monatelang dahinziehenden Prozess darüber zu streiten, wer das Haus in der Allison Avenue bekam. Sie hatte das erste Angebot akzeptiert, das Randys Anwalt ihr gemacht hatte, und die fünfzigtausend Dollar gegen ihre Eigentumsrechte an dem Haus eingetauscht. Ihre Eltern hatten zwar die Hände über ihrem Kopf zusammengeschlagen, als Riley ihnen eröffnet hatte, dass sie das Haus für fünfzig Riesen losgeworden war, doch sie hätte es vermutlich auch für fünf Dollar aufgegeben, wenn sie dafür nichts mehr von Randy, seiner mittlerweile zum zweiten Mal schwangeren Verlobten und dem Baby hören musste, das die beiden schon miteinander hatten. Noch bevor Riley richtig ausgezogen war, war Juanita eingezogen und Randy hatte ihr Büro in ein Kinderzimmer verwandelt. Seine „Geschäftsreisen" waren in den letzten Wochen, in denen sie das Haus noch mit bewohnt hatte, signifikant weniger geworden. Wenn überhaupt, war Randy für ein, zwei Tage in Boston oder Miami, erledigte einen Großteil seiner Arbeit von zu Hause aus und hing stundenlang am Telefon, um Juanita ins Ohr zu säuseln, wie sehr er sie doch liebte. So war Riley heilfroh gewesen, als sie ein hübsches, bezahlbares Appartement in der 43. Straße gefunden hatte, das nicht nur möbliert, sondern auch sofort beziehbar gewesen war.

Daisys Deli war einer der kleinen Vorteile an ihrem Appartement. Noch nie hatte sie einen Laden entdeckt, der so leckere Ware anbot wie das Daisys. Bislang hatte sie immer in großen Ketten wie Walmart, Target oder Safeway eingekauft, weil Randy kleine Läden als vorsintflutlich bezeichnete und es ihn störte, dass er dort keine so große Auswahl hatte wie bei einem Riesen wie Walmart. Und nachdem es nach Randys Abgang niemanden mehr gab, der sie als fette

Beutelratte bezeichnete, konnte sie getrost auch bei den selbst gebackenen Weihnachtskeksen und dem Eggnogg zuschlagen, der diese Woche im Angebot war.
„Riley, hallo.“
Riley drehte sich um und blickte in die grünen Augen einer dunkelblonden, attraktiven Frau in ihrem Alter.
„Rachel, hey, wie geht es Ihnen? Was treibt Sie denn hierher, ich dachte, Sie leben in Connecticut?“
„Das ist richtig, aber mein Mann hat eine Niederlassung seines Büros hier in Manhattan. Er arbeitet heute länger, daher dachte ich, ich überrasche ihn mit einem Office-Picknick.“
„Das klingt großartig, darüber wird er sich bestimmt freuen.“
Rachel Ryland arbeitete für die Werbeagentur, die die Werbekampagne für Rileys Anwaltskanzlei machte. Die beiden Frauen hatten sich vor einigen Monaten bei der Konzeptvorstellung kennengelernt und gleich einen Draht zueinander gehabt.
„Wollen wir's mal hoffen. Können Sie mir etwas empfehlen?“
„Die Schokocookies sind großartig“, sagte Riley. „Daisy backt sie selbst. Und natürlich der Eggnogg.“ Sie deutete auf die beiden Packungen, die sich in ihrem Einkaufskorb befanden. „Am besten, Sie bitten Theresa vorn bei der Feinkost, Ihnen etwas Leckeres zusammenzustellen. Sie hat ein ganz besonderes Händchen für Spezialitäten und trifft mit Sicherheit Ihren Geschmack und den Ihres Mannes.“

„Wunderbar. Und der Eggnogg muss auch mit. Will ist süchtig nach Eggnogg. Zwischen Thanksgiving und Weihnachten trinkt er kaum etwas anderes.“ Rachel lachte und ließ eine Packung in ihren Einkaufskorb plumpsen.
„Kann ich gut verstehen.“
„Finden Sie die Weihnachtszeit nicht auch großartig?“, wechselte Rachel das Thema. „Würde es nach mir gehen, wäre jeden Tag Weihnachten. Und vor allem hier in Manhattan ist es gleich viel märchenhafter, finden Sie nicht?“
„Ja, total“, sagte Riley und klang dabei nicht sehr glaubwürdig. Eigentlich liebte sie Weihnachten und geriet meist schon Mitte September derart in Weihnachtsstimmung, dass andere den Kopf schüttelten, wenn sie die Deko aus dem Keller holte und Weihnachtssongs spielte, doch dieses Jahr konnte ihr das Fest der Feste getrost gestohlen bleiben.
„Das klingt aber nicht sehr begeistert. Ist alles in Ordnung?“ Rachel sah sie besorgt an.
„Ja, natürlich.“ Riley lächelte. „Es ist nur … ich habe mich vor zwei Monaten von meinem Exfreund getrennt und … dieses erste Weihnachtsfest alleine wird möglicherweise etwas eigenartig werden.“ Rachel sah sie überrascht an.
„Wirklich? O mein Gott, Riley, das tut mir leid. Mir ist es vor drei Jahren nicht anders gegangen. Mein Ex hat mich an Heiligabend im Haus meiner Familie mit der Pflegerin meiner Großtante betrogen, können Sie sich

das vorstellen? Mit Weihnachten hatte ich im Anschluss daran nichts mehr am Hut und das nächste Fest wollte ich möglichst an mir vorbeiziehen lassen, sodass ich einen Trip nach Hawaii gebucht hatte. Gelandet bin ich schließlich in einer kleinen Pension im Mittleren Westen, in der ich auch Will kennengelernt habe."

„Tatsächlich?" Riley sah Rachel interessiert an. Darüber, über die Feiertage einfach wegzufahren, hatte sie noch gar nicht nachgedacht, der Gedanke gefiel ihr aber.

„O ja. Eine sehr familiäre Pension in Fairview, Colorado. Sie wird von vier alten Damen geleitet, es gibt nur wenige Zimmer und die Ladys persönlich sorgen für das leibliche Wohl. Wir sind heute noch oft dort, mein Mann und ich. Praktisch wären wir beide uns ohne die Pension niemals begegnet."

„Meinen Sie, diese Pension hätte über die Feiertage noch ein Zimmer für mich frei?", fragte Riley. Der Gedanke, fernab von allem in einer ruhigen Pension im mittleren Westen zu sein, gefiel ihr.

„Also eigentlich ist das Four Reasons vor allem in der Weihnachtszeit immer ziemlich gut ausgebucht. Aber … wenn Sie sagen, ich hätte Sie geschickt, bringen die Ladys Sie bestimmt noch unter." Rachel zwinkerte ihr zu und holte einen Stift und einen Block mit Haftnotizen heraus, auf denen das Logo ihrer Werbeagentur aufgedruckt war. „Das hier ist die Nummer. Es gibt zwar eine Website, auf der man elektronische Buchungsanfragen absenden kann, das Telefon ist allerdings die sicherere Variante. Die Ladys habens nicht so mit moderner Technik.“ Rachel zwinkerte und reichte Riley das Blatt.

„Danke, Rachel, Sie haben mein Weihnachten gerettet, so wie’s aussieht.“ Riley lachte und nahm das Blatt dankbar entgegen. Als sie den Laden verließ, kam es ihr überhaupt nicht seltsam vor, die Feiertage an einem entlegenen Ort ganz allein zu verbringen. Die letzten Wochen waren anstrengend genug gewesen. Möglicherweise war es genau das, was sie jetzt brauchte, ein paar Tage am Ende der Welt zu verbringen und die letzten Tage des Jahres dazu zu nutzen, ihr Leben neu zu ordnen. Sie warf zehn Dollar in den Topf eines Weihnachtsmannes, der an der Straßenecke stand, die sie passierte, und machte sich auf den Weg nach Hause. Zum ersten Mal seit langer Zeit hatte sich ein euphorisches Gefühl in ihr bemerkbar gemacht. Sie wollte ihre Ferien in Fairview verbringen, runterkommen, noch mal von vorn anfangen, mit Randy und allem, was gewesen war, abschließen. Eine entlegene Pension in Colorado eignete sich dafür perfekt. Zügigen Schrittes und mit einem Lächeln auf den Lippen machte sie sich auf den Weg nach Hause.

„Hier ist das Four Reasons, Sie sprechen mit Rose. Wie kann ich Ihnen helfen? Und fröhliche Weihnachten!“
Eine freundliche, leicht kindliche Stimme meldete sich

am anderen Ende der Leitung, als Riley die Nummer wählte, die Rachel ihr gegeben hatte. Sofort, als sie zurück nach Hause gekommen war, hatte sie das „Four Reasons“ gegoogelt und sich augenblicklich in die hübsche kleinen Pension mit den warmherzig eingerichteten Schlafzimmern und dem gemütlichen Wohnzimmer, das gleichzeitig auch als Gemeinschaftsraum diente, verliebt. Die vier Frauen, die die Pension leiteten, hatte sie ebenfalls bereits auf einem Bild im Internet gesehen. Sie hatte sich von Anfang an vorstellen können, bei den Ladys die Feiertage zu verbringen, und wusste, dass der Aufenthalt im Four Reasons genau das war, was sie nach all den zermürbenden Wochen nach der Trennung von Randy gebrauchen konnte.

„Hallo, mein Name ist Riley Collins. Ich … bin eine Freundin von Rachel Ryland und auf der Suche nach einer Bleibe über die Weihnachtsfeiertage. Ich weiß, ich bin schon ziemlich spät dran, aber Rachel meinte …“

„Für Freunde von Rachel haben wir immer etwas frei“, sagte Rose überschwänglich, „wir sind zwar schon bis nächstes Frühjahr restlos ausgebucht, aber Rachels Freunde haben im Four Reasons Sonderstatus. Rachel hat uns einmal sehr geholfen, wissen Sie? Die Pension war kurz davor, zu schließen, wir konnten seit Wochen die Hypothek dafür nicht mehr bezahlen und wir konnten uns noch nicht einmal einen Weihnachtsbaum leisten. Rachel hat …“ Rose machte eine Pause. „Aber lassen wir das, die Geschichte, wie Rachel unsere Pension rettete, erzähle ich Ihnen, wenn Sie hier sind, ja?“

„Ich …“, begann Riley und wusste nicht, dass Rachel einer kleinen Pension im mittleren Westen einmal sehr geholfen hatte.

„Wann möchten Sie uns besuchen, Riley?“, fragte Rose, ohne eine Antwort auf ihre vorherige Frage abzuwarten.

„Also … ich dachte, ich könnte morgen schon anreisen und bis …“ Sie überlegte. Ihre Geschwister würden zwar zu Silvester wieder da sein, aber wenn die Pension in Wahrheit nur halb so bezaubernd war wie nach Rachels Erzählungen und wie auf den Bildern im Internet, würde Riley bestimmt für immer dortbleiben wollen.

„Bis zum fünften Januar?“, beendete sie ihren Satz mit einer Frage.

„Das geht klar, Riley“, sagte Rose, „wir freuen uns schon sehr, Sie hier bei uns zu haben.“

„Ich freue mich auf meinen Aufenthalt bei Ihnen.“

„Wenn Sie mit dem Zug anreisen, geben Sie mir bitte noch Ihre Ankunftszeit bekannt. Ich komme Sie dann vom Bahnhof abholen, okay?“

„Danke. Ich muss mich erst nach einer Zugverbindung umsehen. Bis vor einer Stunde wusste ich noch gar nicht, wo ich diese Weihnachten verbringen werde.“

Rachel war begeistert, wie nett und zuvorkommend Rose war. Eine Frau, die sie erst seit drei Minuten am

Telefon kannte.
„Lassen Sie sich Zeit“, sagte Rose, „und melden Sie sich einfach rechtzeitig. Nicht, dass Sie dann warten müssen, wenn Sie in Fairview angekommen sind. Wissen Sie, die Winter hier können ziemlich fies sein. Dafür haben wir an jedem Weihnachtsfest Schnee.“
Rileys Herz machte einen Sprung, als sie daran dachte, weiße Weihnachten zu feiern. In Manhattan schneite es zwar auch ab und zu, aber Verkehr sei Dank wurde aus der weißen Pracht viel zu schnell brauner Matsch, den niemand gebrauchen konnte. Weiße Weihnachten waren ein weiterer Anreiz, dem Four Reasons einen Besuch abzustatten.
„Danke, das mache ich auf alle Fälle. Ich freue mich schon, bei Ihnen zu Gast zu sein“, sagte Riley und bemerkte, dass sich etwas Weihnachtsstimmung bei ihr eingeschlichen hatte, obwohl sie fest damit gerechnet hatte, dass das Fest der Feste in diesem Jahr spurlos an ihr vorübergehen würde.

„Riley, mir ist höchst unwohl bei dem Gedanken daran, dass du die Feiertage ganz allein verbringst.“ Ein ängstlicher Unterton hatte sich in die Stimme von Elaine eingeschlichen.
„Ich bin doch nicht allein, Mum, die Pension ist ausgebucht, ich bin unter vielen Menschen. Du hast absolut keinen Grund dazu, dir Sorgen zu machen“, beschwichtigte Riley. „Diese Pension in Fairview ist

genau das, was ich jetzt brauche. Die vergangenen Monate waren so turbulent und haben mein gesamtes Leben auf den Kopf gestellt, dass diese freien Tage genau das Richtige für mich sind. Ich kann meine Gedanken ordnen und mein Leben in neue Bahnen lenken. Ich kann mir überlegen, wie es jetzt weitergeht, und dann wie neugeboren in ein neues Jahr und ein neues Leben starten."

Während Riley sprach, bemerkte sie, wie die Euphorie, die sie eigentlich ihrer Mutter vermitteln wollte, von ihr selbst Besitz ergriff. Eigentlich hatte sie nur aus einer Not heraus im Four Reasons gebucht. Doch jetzt, wo sie darüber sprach, wurde ihr klar, dass sie diese kleine Auszeit tatsächlich dazu nutzen konnte, um ihre Zukunft zu planen und um Abstand zu ihrem alten Leben zu gewinnen.

„Aber musst du denn wirklich so lange wegbleiben? Lisa ist doch sogar noch vor Neujahr wieder in der Stadt. Du könntest den Jahreswechsel mit ihr verbringen."

„Ich möchte nicht mit meiner sechsundzwanzigjährigen Schwester und ihren Freundinnen die ganze Nacht über von Klub zu Klub ziehen", sagte Riley und verzog das Gesicht. Lisa und sie waren in der Hinsicht, was Partymachen betraf, absolut unterschiedlich. Außerdem war Riley sieben Jahre älter als Lisa und hatte schon andere Vorstellungen von einem netten Abend als ihre Schwester.

„Und du willst sicher nicht mit Dad und mir auf die

Kreuzfahrt gehen?", versuchte Elaine es noch einmal. Riley lachte.
„Mum, ich sitze schon im Zug nach Fairview. Und diese Reise ist ein Geschenk von uns Kindern für euch beide, weil ihr die letzten Jahre euer Privatleben für uns hintangestellt habt. Also nein, ich möchte nicht mit auf Kreuzfahrt gehen. Aber vielen Dank, dass du fragst."
Elaine seufzte.
„Also schön, wenn ich dich nicht überreden kann … Aber ich möchte nur noch einmal anmerken, dass mir alles andere als wohl bei der Sache ist."
„Kannst du nicht, Mum. Diesmal nicht. Ich lege jetzt auf. Ich rufe euch an Heiligabend und an Weihnachten an, okay? Und an Neujahr. Und wenn ich wieder zu Hause bin, holen wir die Feiertage bei einem gemütlichen Abendessen im Kreis der Familie nach, ja?"
Elaine seufzte, klang aber etwas beruhigter. „Das machen wir. Ich hab dich lieb, Schatz. Hab schöne Ferien."
„Ich hab dich auch lieb, Mum. Du und Dad, genießt die Kreuzfahrt. Und bringt mir was Schönes mit."

Riley beendete das Gespräch und verstaute ihr Handy just in dem Moment wieder in ihrer Tasche, als der Zug sich in Bewegung setzte. Sie legte ihren Kopf an die kühle Glasscheibe und blickte auf das verschneite Manhattan hinaus, das langsam hinter ihr verschwand. Ein seltsames Gefühl der Erleichterung machte sich in ihr breit. Sie hatte nicht damit gerechnet, diese Weihnachten auch nur annähernd weihnachtlich zu verbringen, doch bei der Vorfreude auf die vier Damen des Four Reasons und den Weihnachtsmarkt in Fairview, von dem Rose ihr am Telefon erzählt hatte, wurde ihr warm ums Herz. Zum ersten Mal seit der Trennung von Randy fühlte sie sich von Grund auf wohl. Der Stein, der ihr die ganze Zeit über am Herzen gelegen hatte, schien mit einem Mal verschwunden zu sein. Es war ein völlig neues Gefühl, eine Entscheidung komplett eigenständig zu treffen und sich nur von seinem Herzen und sonst nichts leiten zu lassen. Sie fühlte sich leicht und zufrieden, sie fühlte sich rundum wohl. Riley wurde schläfrig. Seit der Trennung von Randy hatte sie Schlafprobleme gehabt. Die erste Zeit hatte sie hellwach im Bett gelegen und sich von einer Seite auf die andere gewälzt, hatte darüber nachgedacht, was hätte anders laufen müssen, damit Randy niemals in Juanitas Armen gelandet wäre, dann war sie fast im Stundentakt wieder aufgewacht. Immer und immer wieder hatte sie den Abend im September in ihren Gedanken Revue passieren lassen, als Randys neue Freundin mit seinem Kind auf dem Arm vor der Tür gestanden hatte. „Geben Sie Ihren Mann endlich frei“ hallte fast unendlich in ihrem Kopf wider. Selbst bis in den Traum verfolgten sie die Szenen mit Randy und Schlafen war für sie zur Herausforderung geworden. Nach zwei Monaten hatte sie sich daran gewöhnt, nur noch vier, maximal fünf Stunden pro Tag schlecht zu schlafen und ständig müde zu sein. Jetzt jedoch fühlte sie förmlich, wie sich Schläfrigkeit über sie legte und sie sanft in ihren Bann zog. Eigentlich wollte Riley nicht einschlafen. Sie hatte eine Abneigung dagegen, in der Öffentlichkeit zu schlafen, wenn andere Leute sie dabei beobachten konnten, schaffte es noch nicht einmal, ein Nickerchen zu halten, wenn sie am Strand in der Sonne lag und sich bräunen ließ. Doch die Zugfahrt, die vor ihr lag, würde fast zehn Stunden lang dauern. In Lexington, Kentucky, würde sie umsteigen und dann noch eineinhalb Stunden weiter nach Fairview fahren müssen, also hatte sie bestimmt Zeit für ein Nickerchen. Der Waggon, in dem sie sich befand, war außerdem fast leer und in ihrer Sitzreihe saß niemand außer ihr. In den letzten Augenblicken, in denen sie wach war, fragte sie sich, warum sie nicht auf die Idee gekommen war, nach Fairview zu fliegen. Die Kleinstadt selbst hatte zwar wohl keinen eigenen Flughafen, bestimmt aber eine der Städte im Umland. Sie hatte gar nicht erst in Erwägung gezogen, nach einem Flug und beispielsweise einem Mietwagen zu suchen, mit dem sie nach Fairview hätte fahren können. Gleich nach der Buchung des Zimmers hatte sie wie selbstverständlich nach einer Zugverbindung gesucht und ihr Ticket gebucht. Die Müdigkeit, die sich über sie gelegt hatte, wurde intensiver. Ihr fielen die Augen zu, und in einem letzten Versuch, sich gegen den Schlaf zu wehren, schaffte sie es noch einmal, sie halb zu öffnen. Sie sah einen Weihnachtsmann neben den Bahngleisen stehen, der sie fröhlich lächelnd ansah und ihr zuwinkte.

DREI

„Miss? Hallo, Miss, wachen Sie auf."
Jemand rüttelte Riley sanft an den Schultern, bis sie aus ihrem traumlosen, aber unsagbar erholsamen Schlaf wieder heraufdriftete. Sie konnte sich nicht erinnern, jemals so gut geschlafen zu haben wie die letzten Minuten. Recht viel länger als eine Stunde konnte sie wohl nicht geschlafen haben. Es war ihr peinlich, dass sie offenbar verschlafen hatte und jemand sie wecken musste, wo sie generell ein Problem damit hatte, wenn jemand ihr beim Schlafen zusah. Ab jetzt musste sie ohnehin wach bleiben, sie wusste zwar nicht, wie lang sie genau geschlafen hatte, aber wenn sie den Bahnhof in Lexington verpasste, würde das in einigen

Unannehmlichkeiten enden. Sie richtete sich auf und sah sich um. Draußen war es bereits so dunkel geworden, dass sie kaum erkennen konnte, wo sie war. Vor ihr stand ein nett aussehender Fahrkartenkontrolleur. Der Mann hatte ihr Zugticket bereits gescannt, als sie in den Zug gestiegen war. War das Abteil kurz zuvor, als sie eingeschlafen war, noch nicht sehr voll gewesen, so befand sich jetzt nur noch sie hier drin. Wie lange hatte sie denn geschlafen? Sie war davon ausgegangen, dass sie vielleicht eine halbe Stunde, maximal fünfundvierzig Minuten lang weg gewesen war, doch nachdem es draußen bereits dämmerte, musste es sich dabei um einen erheblich längeren Zeitraum handeln.
„Wo … wo sind wir?“, fragte sie vorsichtig und schickte ein Stoßgebet gen Himmel, dass der Mann ihr gleich sagte, dass sie in Lexington angekommen seien. Sie sah noch einmal zum Fenster hinaus und entdeckte einen Bahnhof, der aus einem kleinen Gebäude und einem einzelnen Bahnsteig bestand. Der Bahnhof von Lexington war bestimmt um einiges größer als dieser Bahnhof hier. Ihr Herz begann zu klopfen. Sie durfte ihren Umstieg nicht verpasst haben. Das wäre die größte Katastrophe, die ihr passieren konnte. Immerhin warteten die Damen im Four Reasons auf sie.
„In Beaver Creek. Endstation“, sagte der Mann vor ihr.
„Was?“ Riley sprang auf und sah ihn entsetzt an. „Aber … ich hätte in Lexington umsteigen müssen. Ich muss nach Fairview. Wann geht der nächste Zug zurück? Ich

muss unbedingt im Hotel anrufen und Bescheid geben, dass ich später komme, ich …"
„Mädchen, Mädchen, Mädchen", begann der Mann beschwichtigend, „hier geht heute gar kein Zug mehr irgendwohin. Und wenn ich mir das Wetter da draußen so ansehe", er warf einen Blick nach draußen, obwohl es mittlerweile noch etwas dunkler geworden war, „wird das auch für die nächsten paar Tage so bleiben."
„Was?" Riley sah entsetzt von dem Mann hinaus zum Fenster und wieder zu dem Mann, der sie langsam etwas genervt anblickte.
„Wir sind hier nicht in New York, Ma'am, Sie sind in einer Kleinstadt in Colorado. Sie können froh sein, wenn Sie innerhalb der nächsten fünf Tage hier wegkommen."
Riley ließ sich auf die Sitzbank sinken.
„Aber … ich habe bereits ein Hotel gebucht, ich … muss nach Fairview."
Dass es hier absolut nicht möglich war, wegzukommen, konnte Riley sich nicht vorstellen. Das hier war das Jahr 2017. Man konnte Touristen ins All fliegen und Gesichter transplantieren. Es musste möglich sein, von hier nach Fairview zu gelangen.
„Kann ich vielleicht irgendwo ein Auto mieten? Oder einen Bus? Gibt es eine Busverbindung irgendwohin, von wo aus ich weiterreisen kann?"
„Und wenn Sie mich noch so treuherzig mit Ihren großen blauen Augen ansehen, Kindchen, hier in Beaver Creek ist erst mal Endstation. Es steht ein

Schneesturm bevor, nur Verrückte würden sich bei einem Schneesturm hier in Colorado auf die Reise machen. Sehen Sie lieber zu, dass Sie irgendwo eine Unterkunft bekommen. Ich glaube, das Hazzleberry Inn hat noch ein, zwei Zimmer frei. Wenn das Wetter sich beruhigt hat, können Sie weiterreisen."

Der Mann lüpfte kurz seine Mütze zum Gruß und verließ dann das Zugabteil. Riley lehnte ihren Kopf gegen das Polster der Sitzbank und seufzte. Dabei hatte alles so toll begonnen. Zum ersten Mal seit Langem hatte sie geglaubt, wieder etwas Lebensfreude zu verspüren. Zum ersten Mal seit Langem hatte sie gewagt, in die Zukunft zu blicken, und zum ersten Mal seit Langem hatte sie das Gefühl gehabt, dass sie Randy gar nicht brauchte, um glücklich zu sein. Und jetzt saß sie in irgendeinem Nest fest, hatte keine Möglichkeit, von hier wegzukommen, musste ihren hübschen Traumurlaub stornieren und die Feiertage in einem Zimmer in irgendeinem abgewohnten Motel verbringen. Das erste Mal, dass sie etwas völlig allein und ohne Randy an ihrer Seite anfing, ging so dermaßen schief, wie es nur schiefgehen konnte. Selbst wenn der Schneesturm sich in einigen Tagen beruhigt hatte – dann war Weihnachten. Bestimmt war es an den Feiertagen noch komplizierter, hier aus Beaver Creek wegzukommen, als sonst schon. Sie seufzte, schnappte sich ihr Gepäck und zog ihren Koffer resigniert zwischen den Sitzreihen des Zugabteiles entlang.

Ein eisiger Windhauch küsste Rileys Gesicht, als auch sie das Zugabteil verließ. Sie sah sich auf dem Bahnsteig um und fühlte sich wie in einem dieser Endzeitfilme, in denen der Protagonist einer der letzten lebenden Personen auf dem Planeten war. Alles war wie ausgestorben. Noch nicht einmal den Schaffner, der sie zuvor geweckt hatte, konnte sie irgendwo sehen. Eine dicke Schneeschicht hatte sich auf den Bahnsteig gelegt, in der Riley keinerlei Fußspuren ausmachen konnte. Die ganze Situation wirkte unglaublich gruselig. Sie kletterte die Stufen vom Zug auf den Bahnsteig hinab und blickte nach links und rechts. Nichts. Selbst die kleine Wartehalle lag einsam und verlassen da, doch wenigstens war sie geöffnet. Riley schob ihren Koffer durch den Schnee in Richtung Eingang und trat ein. Hier drin war es nur unwesentlich wärmer als draußen, und ihre Finger hatten bereits begonnen, einzufrieren. Die dünnen Handschuhe, die sich zwar in Manhattan perfekt dazu eigneten, stylish unterwegs zu sein und sich vor dem bisschen Kälte zu schützen, dem man ausgesetzt war, wenn man von der U-Bahn nach Hause lief oder kurz dem Minimarkt an der Ecke einen Besuch abstattete, hatten hier absolut keinen Effekt. Ebenso gut hätte sie gar keine Handschuhe tragen können. In der Mitte des kleinen Raumes befand sich eine nicht sehr einladend wirkende Holzbank, auf der Riley sich erst einmal niederließ. Sie sah sich um. Hier wirkte alles wie ausgestorben. In einer Ecke gab es einen alten Prospektständer mit vergilbten Stadtplänen von Beaver Creek, verbogenen Ansichtskarten und einigen ziemlich alt wirkenden Ausgaben des Stadtmagazins. Auf der anderen Seite stand ein Automat aus den Siebzigern, der Erdnüsse und Kaugummi feilbot, daneben ein Pepsi-Automat. Ein kleines Fenster, über dem in großen schwarzen Lettern das Wort „Fahrkarten“ prangte, war unbesetzt. „Bitte kaufen Sie Ihre Fahrkarten direkt im Zug“ hatte jemand händisch auf ein Schild gemalt. Riley war verzweifelt. Sie überlegte, was sie jetzt tun sollte, und dachte sogar darüber nach, zu Fuß zu versuchen, in die nächste Ortschaft zu gelangen, doch das war lächerlich. Da draußen hatte sich ein ausgewachsener Schneesturm zusammengebraut, der in Kürze noch an Stärke zulegen würde. Da ernsthaft zu glauben, man könne zu Fuß in die nächste Ortschaft laufen, war lachhaft. Tränen hatten sich in Rileys Augenwinkeln gebildet, die sie tapfer wegwischte. Sie würde jetzt nicht heulen. Sie war vierunddreißig Jahre alt. Sie war erwachsen, stand mit beiden Beinen im Leben und hatte eben Pech gehabt. Sie würde im Four Reasons anrufen, Rose Bescheid geben, dass sie vorerst nicht kommen konnte, und sich dann nach einer Bleibe für die nächsten Tage umsehen. Vielleicht hatte sie ja Glück und dieser Schneesturm flaute über Nacht ab. Die Meteorologen waren ja noch nicht einmal imstande, das Wetter für den nächsten Tag richtig vorherzusehen. Wie wollten sie dann wissen, was in den nächsten fünf Tagen los war? Wenn der Sturm sich tatsächlich bald wieder legte – und davon ging Riley jetzt einfach aus –, dann könnte sie sich am nächsten Tag auf nach Fairview machen und ihren Urlaub doch noch antreten. Sie zog ihr Handy aus ihrer Tasche und stellte fest, dass sie hier draußen kaum Empfang hatte. Nach einer Weile gelang es gelang ihr schließlich doch noch, die Nummer des Four Reasons anzurufen. Sie hoffte inständig, dass sie zumindest genügend Signal hatte, um den Damen Bescheid zu geben. Sie einfach so warten zu lassen, wollte sie keinesfalls. Es dauerte eine halbe Ewigkeit, bis eine Verbindung aufgebaut wurde und knackend das Freizeichen ertönte.

„Hallo, hier ist das Four Reasons, Sie sprechen mit Louise", meldete sich eine stark wirkende Stimme.

Riley erinnerte sich an das Foto von Louise auf der Website. Sie war groß und kräftig, mit grauen, kurzen Haaren und wirkte trotz ihrer Körpermaße, die gut und gerne auch einem Ringer gehören hätten können, unglaublich herzlich und nett.

„Hallo, hier spricht Riley Collins. Ich bin eine Freundin von Rachel Ryland und habe über die Feiertage ein Zimmer bei Ihnen gebucht."

„O ja, Riley, hallo. Wir freuen uns schon sehr, Sie bei uns zu haben, und haben alles für Sie vorbereitet. Sie bekommen das Zimmer, das Rachel damals bewohnt hat. Sind Sie denn bereits in Fairview angekommen?"

Es gab Riley einen Stich, als sie sagen musste, dass ihr Urlaub vermutlich ins Wasser fiel.

„Um ehrlich zu sein, Louise, habe ich meinen

Umstiegsbahnhof verschlafen“, sagte sie traurig, „ich bin jetzt in einer Ortschaft namens Beaver Creek in Colorado. Und kann die nächsten Tage wohl nicht weg. Es gibt einen Schneesturm.“
„O nein, das tut mir leid“, sagte Louise und klang aufrichtig, „können wir hier irgendwas für Sie tun?“
„Mir ein Teleportationsgerät schicken“, dachte Riley bei sich, sprach es aber nicht aus. Sie war ziemlich enttäuscht, die Feiertage nicht wie geplant bei den vier Damen verbringen zu können.
„Ich fürchte nicht. Vielleicht habe ich Glück und der Sturm legt sich in den nächsten Tagen. Wenn ich dann noch darf, würde ich gerne meinen restlichen Urlaub bei Ihnen verbringen.“
„Was für eine Frage, natürlich dürfen Sie“, sagte Louise. Nach einigen Augenblicken fuhr sie fort: „In was für einer Ortschaft sind Sie gelandet, sagten Sie?“
„Beaver Creek, Colorado.“
„Beaver Creek? Wir haben dort eine Kooperation mit einer netten kleinen Pension, der Pineview Lodge. Eigentlich ist die Lodge über den Winter geschlossen, aber ich kenne den Besitzer sehr gut. Ich werde ihn anrufen und ihn bitten, Sie abzuholen und Ihnen ein Zimmer zu geben, so lange, wie dieser Schneesturm eben dauert.“
Riley konnte ihr Glück nicht fassen. Wie sie in diesem ausgestorbenen Örtchen überhaupt eine Bleibe hätte finden sollen, hatte sie nicht gewusst.
„Ist das Ihr Ernst?“

„Aber ja, selbstverständlich. Ich rufe ihn gleich an."
„Ich danke Ihnen von ganzem Herzen, Louise, Sie wissen gar nicht, was für ein Stein mir jetzt vom Herzen fällt."
„Nichts zu danken, Kindchen", sagte Louise. „Warten Sie beim Bahnhof?"
„Genau. Er sollte mich leicht finden, ich bin weit und breit die Einzige hier." Bitter lachte sie.
„Gut. Beaver Creek ist eine kleine Ortschaft. Es sollte nicht länger als eine halbe Stunde dauern, bis Sie abgeholt werden."
„Danke, Louise", sagte Riley aufrichtig.
„Keine Ursache. Ich hoffe, wir sehen uns bald. Bis dann."

Unglaubliche Erleichterung machte sich in Riley breit, als sie das Gespräch beendete. Vielleicht fügte sich am Ende ja doch noch alles zum Guten. Ein, zwei Nächte würde sie in der Pineview Lodge verbringen, und dann würde sie zusehen, dass sie irgendwie nach Fairview weiterreisen konnte. Sie zog die aktuelle Ausgabe der Cosmopolitan aus ihrer Tasche, die sie eigentlich während der Zugfahrt hatte lesen wollen, und verlor sich in einem Artikel über passendes Weihnachts-Make-up mit Glitter-Highlights.
Sie wusste gar nicht, wie viel Zeit vergangen war, als die Tür der Wartehalle plötzlich schwungvoll geöffnet wurde und ein älterer Mann hereinkam. Hätte er keine Jeans getragen und wäre seine Jacke nicht von Tommy Hilfiger gewesen, so hätte er mit seinem dicken Bauch und dem weißen Bart dem Weihnachtsmann

Konkurrenz machen können.
„Riley, richtig?“, fragte er, als er den einzigen Gast in der Wartehalle ansah. Riley schloss ihr Magazin und steckte es zurück in die Tasche. Das hier musste der Besitzer der Pineview Lodge sein, der ihr für ihren Aufenthalt in Beaver Creek Obdach gewährte. Die Mädels aus dem Four Reasons waren wirklich die Allerbesten.
„Genau.“
„Ich habe gehört, du brauchst für die nächsten Tage ein Dach über dem Kopf?“
„Richtig. Ich bin dummerweise hier gestrandet und kann nicht mehr weg …“
„Na, dann komm mal mit, hier ist es ja höchst ungemütlich. Ist das dein Koffer?“ Er zeigte auf das Ungetüm, das Riley neben der Wartebank abgestellt hatte.
„Ja“, antwortete sie. Der Mann hob den Koffer hoch, als würde er so leicht wie eine Feder sein.
„Dann sehen wir mal, wo wir dich unterbringen“, sagte er.

Wenig später saß Riley auf dem Beifahrersitz eines alten, roten Pick-ups, der gemächlich die stark verschneiten Straßen von Beaver Creek entlangrollte.
„Was treibt dich bei diesem Wetter und so kurz vor den Feiertagen zu uns nach Beaver Creek? Ist nicht gerade der beliebteste Ort, an dem man seine Weihnachtsferien verbringt“, fragte der Mann, der sich als John vorgestellt hatte, während er und Riley zu seinem Wagen gegangen waren.
„Also eigentlich …“, begann Riley, „war ich auf dem Weg nach Fairview. Aber ich habe den Bahnhof

verschlafen, an dem ich umsteigen sollte, und jetzt bin ich … hier."
„Fairview, was?", fragte John. „Die Pension der vier alten Ladys?"
„Genau." Riley fragte sich, warum John nach der Pension fragte. Immerhin musste er ja mit Louise telefoniert haben, die ihn zum Bahnhof geschickt und ihm von ihrem Missgeschick erzählt hatte. Vielleicht wollte er sich einfach vergewissern, dass er auch den richtigen Gast aufgelesen hatte.
„Mit denen hatte ich schon mal zu tun. Wirklich vier sehr reizende Damen", sagte er und blickte weiterhin geradcaus auf die Straße.
„Ja, das sind sie in der Tat", erwiderte Riley. „Haben Sie viele Gäste auf Ihrer Lodge?", fragte sie schließlich. Aufmerksam sah sie sich die Gegend an, durch die sie tuckerten. Beaver Creek war eine typische Kleinstadt mit einer Mainstreet, auf der sich ein kleiner Laden neben den anderen reihte. Sie war schon gespannt auf die Pineview Lodge und stellte sich dabei seltsamerweise ein großes, luxuriöses Hotel vor, obwohl ihr klar war, dass sie in einer Stadt wie Beaver Creek eher mit einem kleinen Häuschen zu rechnen hatte.
„Im Augenblick ist keine der Hütten vermietet", sagte John und konzentrierte sich weiter auf die Straße. „Wie gesagt, im Winter verirrt sich kaum jemand hierher, sodass sich der Aufwand nicht lohnt, sie über den Winter zu betreiben. Was aber Ihr Glück ist. Sie bekommen Haus Nr. 9. Es ist das größte und schönste. Und wir haben es erst im Sommer renoviert."
Riley stutzte. Sie hatte sich bei der Pineview Lodge ein Hotel oder eine Pension vorgestellt, vielleicht mit

einem kleinen Restaurant und einer Bar. John sprach aber von einzelnen Hütten. Hütten! Sie sah sich bereits in einer zugigen Holzhütte sitzen und genauso frieren wie in der Wartehalle des Bahnhofs. Oje. Worauf hatte sie sich da nur eingelassen?
„Das Notstromaggregat ist brandneu und vielleicht müssen Sie es auch bald benutzen. Die haben einen Mords-Schneesturm vorausgesagt“, sprach John weiter. „Das Aggregat sollte Sie einige Tage über Wasser halten. Sie haben auch Telefon in Hütte Nr. 9, aber wenn der Strom ausfällt und ein Schneesturm über Beaver Creek hereinbricht, dann geben meist auch die Telefonleitungen den Geist auf. Ach, und bevor ich's vergesse, Handyempfang hat man hier draußen kaum. Erst recht nicht …“
„… bei einem Schneesturm“, beendete Riley seinen Satz.
John sah sie an und lächelte.
„Genau“, sagte er.

Sie fuhren noch eine ganze Weile durch das verschlafene Städtchen, das aus nicht mehr als einer Mainstreet mit wenigen, abzweigenden Seitenstraßen bestand, und verließen die befestigte Straße schließlich, um auf einen Waldweg auszuweichen. Vor Rileys Augen gab es nur noch eine weiße Wand aus Schnee. Schnee auf den Straßen und Wegen, Schnee in den Wipfeln der Tannen, die den Weg säumten, den sie entlangfuhren, und Schnee, der in dicken Flocken vom Himmel segelte und sich auf der Windschutzscheibe von Johns Truck niederließ.
„So, hier sind wir“, sagte John schließlich während er den Wagen anhielt. Er zog einen Schlüsselanhänger in

Form einer Billardkugel mit der Ziffer neun darauf aus seiner Jackentasche und reichte ihn Riley. „In der Hütte solltest du alles finden, um dich die nächsten Tage über Wasser halten zu können. Es gibt genügend zu essen und zu trinken, meine Frau und ich haben die Vorratskammer aufgefüllt, als wir erfahren haben, dass wir einen Gast haben. Meine Telefonnummer habe ich auf einem Blatt Papier neben dem Telefon notiert, aber … du weißt ja, Schneesturm.“ Er lächelte. Riley nahm den Schlüsselanhänger und drehte den Schlüssel in ihrer Hand.

„Danke“, sagte sie und öffnete die Wagentür. Sie hievte ihren Koffer heraus und stellte ihn im Schnee ab.

„Also dann, alles Gute und einen schönen Aufenthalt“, sagte John lächelnd. „Sobald das Wetter sich etwas beruhigt hat, bringe ich dich zum Bahnhof, und du kannst nach Fairview weiterreisen.“

„Vielen Dank“, sagte Riley, während John den Wagen knirschend im Schnee wendete, ihr noch einmal zuwinkte und dann in der Dunkelheit verschwand.

Riley legte den Kopf in den Nacken und sah in den dunklen Nachthimmel hinauf. Dicke, weiße Schneeflocken kamen immer noch aus dem Dunkel herab und setzten sich auf ihre Schultern, ihre Stirn und ihre Nasenspitze. Ihre Weihnachtsferien hatte sie sich tatsächlich anders vorgestellt. Sie seufzte. Wenigstens würde sie ein warmes Bett, etwas zu essen und ein Dach über dem Kopf haben. Die nächsten Tage auf einer Holzbank in der Bahnhofswartehalle zu verbringen, war nicht gerade ihr größter Weihnachtswunsch. Sie warf einen Blick auf die Hütte, die einige Schritte von ihr entfernt zwischen Bäumen versteckt lag, und staunte nicht schlecht. Sie hatte mit einem kleinen, abgewohnten, zugigen Holzhäuschen gerechnet, das vielleicht eine Kochnische, ein Sofa und ein altes Feldbett bot, doch Hütte Nr. 9 – wie John sie genannt hatte – war viel mehr ein kleines Blockhaus als eine Waldhütte. Die Bezeichnung „Lodge“ passte nun doch wieder viel besser zu diesem Domizil, als sie zunächst gedacht hatte. Dicke, hölzerne Balken hielten ein Vordach, das sich über eine kleine Veranda senkte. Zwei der Fenster im vorderen Bereich waren beleuchtet und es gab sogar ein Obergeschoss.

Ein Lächeln zierte Rileys Lippen. Ihr Urlaub würde, auch wenn er so unsäglich begonnen hatte, bestimmt angenehm verlaufen. Immerhin hatte sie ein kleines Blockhaus und eine prall gefüllte Vorratskammer allein für sich. Sie würde den ganzen Tag über im Pyjama herumlaufen, sich in ihren Büchern vergraben, vielleicht einen Spaziergang machen und sich ganz viel Zeit für sich selbst nehmen. Sie stellte sich vor, wie sie verschneite Tage auf der Couch verbrachte, Süßkram naschte und las oder fernsah, wenn der Strom sich nicht verabschiedete. Vielleicht hatte sie Glück und Haus Nr. 9 hatte eine Badewanne. Ein wohliger Schauer lief ihren Rücken hinunter. Das hier war das Beste, was ihr hatte passieren können. Wäre sie immer noch mit Randy zusammen, hätte sie ein Weihnachtsfest im Kreise von zankenden Familienmitgliedern und unerzogenen Gören erwartet, die lärmten, herumschrien und sich lauthals über alles beklagten, was ihnen nicht passte. Doch jetzt hatte sie dieses traumhafte kleine Haus für sich allein – und obendrein noch Zeit. Zeit, die sie ganz allein ausfüllen konnte, Zeit, auszuspannen, zur Ruhe zu kommen, zu tun, was sie wollte, oder einfach gar nichts zu machen. Den ganzen Tag über im Pyjama oder im Jogginganzug herumzulaufen. Vielleicht einen Schneemann zu bauen und sich dann drinnen mit einer heißen Tasse Kakao und ein paar Marshmallows wieder aufzuwärmen. Riley lächelte. Sie hob ihren Koffer an und ging die paar Schritte zum Haus hoch. Dann stutzte sie. Die Vorratskammer kam ihr wieder in den Sinn, zunächst, weil sie sich fragte, ob John und seine Frau eine Ahnung hatten, dass sie es hier mit dem größten Schokoladenjunkie unter der Sonne zu tun hatten. Doch dann fiel ihr ein, dass John gesagt hatte, dass er und seine Frau sie aufgefüllt hatten, als sie von ihrem Last-Minute-Gast erfahren hatten. John war innerhalb weniger Minuten am Bahnhof gewesen. Außerdem war es nach acht Uhr abends und die Läden, an denen sie auf ihrem Weg zur Hütte vorbeigekommen waren, waren geschlossen gewesen. Und selbst wenn sie alle noch geöffnet gewesen wären, wie hätten John und seine Frau es in kaum zwanzig Minuten schaffen können, im Laden einzukaufen, die Vorräte zu der Hütte zu bringen und sie schließlich vom Bahnhof abzuholen? Sie grübelte. Vielleicht hatte Johns Frau die Einkäufe allein erledigt, während er sie abholte, aber welcher Mann würde seiner Frau zumuten, bei einem aufziehenden Schneesturm allein Vorräte zu besorgen und sie hier heraus zu bringen? Ein mulmiges Gefühl breitete sich in Riley aus, doch sie verdrängte es. Sie hatte ohnehin keine andere Wahl, als in die Hütte zu gehen, selbst wenn sie es sich jetzt noch anders überlegte. John war längst wieder verschwunden und bestimmt machte sie sich völlig umsonst Sorgen. Vielleicht hatten er und seine Frau eine Art Grundausstattung in jeder Hütte, um für den Fall der Fälle vorzusorgen. Trockenfleisch und Konservendosen hielten sich immerhin eine ganze Zeit lang und auch Getränke, Knabbereien und Süßkram konnte man problemlos für mehrere Monate lagern, ohne sich Gedanken darüber machen zu müssen, dass die Lebensmittel verdarben. Ja, so musste es sein. John betrieb ganz offensichtlich mehrere dieser Hütten. Bestimmt war jede einzelne von ihnen mit einer Art Grundpaket ausgestattet. Sie stellte sich eine Speisekammer mit jeder Menge Baked Beans und Mac und Cheese vor. Diese Sachen hielten sich über Jahre, ohne dass man sich über ihre Genießbarkeit Gedanken machen musste. Mit Wasser und Softdrinks, selbst mit Bier und erst recht Wein verhielt es sich ebenso. Ja, genau so musste es sein. Oder vielleicht gab es in der Stadt einen Lieferdienst. Es war gar nicht so ungewöhnlich, dass gerade Kleinstädte solche Dienste anboten. Immerhin gab es in Beaver Creek bestimmt eine Menge älterer Leute, die außerhalb wohnten, sich mit dem Gehen schwertaten und für die es eben nicht mehr ganz so einfach war, ihre täglichen Einkäufe zu erledigen. Nicht zu vergessen war, dass Hotels, unabhängig davon, ob es sich dabei um das Hilton Manhattan oder eine kleine Lodge hier im Wald handelte, meist Verträge mit ortsansässigen Supermärkten hatten. Möglicherweise besorgte John die Lebensmittel für seine Hütten gar nicht selbst, sondern überließ das einem Laden hier im Ort. Während John Riley abgeholt hatte, hatte jemand vom Supermarkt die Verpflegung hier herausbringen können. Immerhin waren sie hier nicht in Manhattan, wo man Fremden nur ungern die Schlüssel zu seinem Haus anvertraute. Das hier war eine Kleinstadt, in der jeder jeden kannte. Und nicht zuletzt: Vielleicht hatten sie einen Sohn oder Angestellte, die sich um die Hütten kümmerten, oder Gott weiß was. Es nützte Riley nichts, sich Gedanken darüber zu machen, wie John die Vorräte in die Hütte geschafft hatte, auch wenn es sie noch so sehr interessierte. Auch, wenn sie es merkwürdig fand, wie er sich nach den vier Damen des Four Reasons erkundigt hatte. Es hatte zunächst nicht den Anschein gemacht, als hätte Louise ihn tatsächlich gebeten, sie abzuholen. Sie schüttelte den Kopf und spürte, wie ihr langsam kalt wurde. Natürlich hatte Louise ihn hierhergeschickt, das hier war doch kein Weihnachtsmärchcn. Ja. Louisc hattc ihn hierhergeschickt, und er hatte das Four Reasons nur deshalb so seltsam erwähnt, weil er damit prüfen wollte, ob er die richtige Person vom Bahnhof mitgenommen hatte. Die Verpflegung bestand bestimmt aus allerlei Haltbarem und außerdem konnte sie ohnehin nichts mehr ändern. Sie war jetzt hier und würde die nächsten paar Tage auch nicht weggehen.

VIER

Riley war überrascht, als sie die Tür öffnete und sich in einem gemütlichen, wohnlichen Flur wiederfand. Nicht nur, dass es hier drin warm und wohlig war, es brannte auch ein knisterndes Feuer im Kamin. Jemand hatte hier ganze Arbeit geleistet und die Idee, dass möglicherweise ein Angestellter von John hier gewesen war, formierte sich immer mehr und mehr. Sie schloss die Tür hinter sich, stellte ihren Koffer ab und sah sich um, während sie aus ihrem Mantel schlüpfte. Ganz offensichtlich hatte sich jemand darum gekümmert, dass sie hier nett empfangen wurde. Sie schlenderte durchs Haus und sah sich um. In der kleinen, aufgeräumten Küche fand sie tatsächlich einen prall gefüllten Kühlschrank vor, der viel mehr als etwas Trockenfleisch und alte Chips zu bieten hatte, sondern der eine ganze Kompanie hätte satt machen können. In der Vorratskammer gab es Kekse, Müsli, Schokolade und Getränke bis zum Abwinken. Sie fand frische Handtücher und zwei Bademäntel in einem Wandschrank im Flur und staunte nicht schlecht, als sie ein geräumiges Badezimmer entdeckte, das sogar über eine Eck-Badewanne verfügte. Ihr Bauch kribbelte. Es hatte den Anschein, als habe das Schicksal es gut mit ihr gemeint. Hier würde es sich die nächsten Tage gut leben lassen.

Riley beschloss, als Erstes ein Bad zu nehmen, als ihre durchgefrorenen Muskeln sich bemerkbar machten. Sie fror ziemlich und ihre steifen Knochen würden sich nach diesem langen Tag bestimmt freuen, sich in heißem Wasser entspannen zu können. Ein angenehmer Schauer lief ihr bei der Idee über den Rücken, zuerst heiß zu baden, dann in ihren Pyjama zu schlüpfen und den Abend vor dem Fernseher – sie hatte im Wohnzimmer einen großen Flatscreen entdeckt – und mit einer Tasse Kakao ausklingen zu lassen. Auspacken konnte sie später auch noch. Oder morgen. Zunächst einmal würde sie ein heißes, entspannendes Bad nehmen, dann würde sie eine Flasche Wein öffnen und sich ums Essen kümmern. Dieses wohlige Gefühl überkam sie erneut, das sie bereits beim Betreten der Hütte verspürt hatte. Ein Gefühl, das ihr vermittelte, alles wäre genau so richtig, wie es war.

Sie hatte gerade eben den Wasserhahn aufgedreht und ließ warmes Wasser in die Wanne laufen, als sie ein Geräusch hörte. Sie schrak auf. Was, wenn sich ein Landstreicher Zugang zu der Hütte verschaffen wollte? Was, wenn jemand gesehen hatte, wie sie allein die Hütte betreten hatte und … Gott weiß was im Schilde

führte? Rileys Herz setzte einen Schlag aus, und sie überlegte, was sie tun sollte. Sollte sie nachsehen, wer sich hierher verirrt hatte? Vielleicht war es auch nur ein Reh oder ein anderes Tier aus dem Wald oder … Da – ein neuerliches Geräusch. Und ein Seufzen. Kein Reh dieser Welt konnte so seufzen, als würde die Last der gesamten Menschheit auf seinen Schultern ruhen. Riley sah sich um und schnappte sich eine Vase, aus der weihnachtliches Geäst ragte. Im Falle eines Falles und mit viel Glück würde sie ihren Gegner so zumindest vorerst außer Gefecht setzen können. Oder war es vielleicht die bessere Lösung, sich gleich zu verstecken? Zu hoffen, dass – wer immer auch da draußen war – derjenige sich nahm, was er wollte, und wieder verschwand? Andererseits zog ein Schneesturm auf. Niemand, der auch nur ansatzweise bei Verstand war, würde da wieder das Weite suchen. Ihr Herz blieb stehen, als sie bemerkte, dass der Türknauf der hinteren Eingangstür sich bewegte, und all die Horrorfilme, die sie im Laufe ihres Lebens gesehen hatte, in denen es um verrückte Psychokiller und entlegene Hütten im Wald ging, tauchten vor ihrem geistigen Auge auf. Mit einer schwungvollen Bewegung wurde die Tür schließlich geöffnet und ein Mann, der so überhaupt nicht wie ein Landstreicher oder ein geisteskranker Psychokiller aussah, kam herein. Er war groß und, unter der dicken Daunenjacke, die er trug, zweifellos athletisch, seine scharfkantigen Gesichtszüge verliehen ihm fast so etwas wie Schönheit. Er hatte stahlblaue Augen und dunkles, kurzes Haar, und er sah Riley einen Augenblick lang verdutzt an, ehe seine Miene sich zu verärgert wandelte.
„Wer sind Sie? Und was wollen Sie?“, schnauzte er sie

an.
„Ich … ich … ich …“, begann Riley und bekam keinen klaren Satz heraus. Der Mann vor ihr sah großartig aus. Hätte er nicht so ein verärgertes Gesicht gemacht, hätte er unglaublich attraktiv gewirkt.
„Haben Sie etwa was geklaut? Was wollen Sie mit dieser Vase? Ich warne Sie, rücken Sie lieber gleich raus, was Sie eingesteckt haben, ehe ich die Cops rufe.“
Riley war schockiert. Darüber, wie der sexy Typ mit ihr sprach, und darüber, dass er sie offenbar im Gegenzug auch für eine Landstreicherin hielt, so wie sie von ihm geglaubt hatte, er wäre ein Landstreicher. Man hätte ihr viel vorhalten können, aber nicht, dass sie aussah wie eine Landstreicherin. Sie musste fast lachen.
„Ich trage einen Mantel von Prada und Stiefel von Gucci, glauben Sie wirklich, dass ich es nötig habe, hier etwas zu klauen?“, fragte sie. Der Mann sah sie von oben herab an. Noch nie hatte ihr jemand einen so angewiderten Blick zugeworfen.
„Was wollen Sie dann hier?“, fragte er in scharfem Ton.
„Ich habe diese Hütte gemietet. John hat mich hergebracht. Ich will die nächsten Tage hier verbringen, ehe ich weiterreisen kann.“ Riley sah den Mann an und fragte sich, ob er vielleicht ein Angestellter der Pineview Lodge war. Vielleicht war er es gewesen, der hier alles vorbereitet hatte. Andererseits – warum sollte er sie dann anschnauzen und denken, sie wäre eingebrochen?
„Was?“ Jetzt sah er sie ungläubig an.
„Ich habe … meine Ausstiegsstelle verpasst. Ich wollte mit dem Zug nach Fairview und sollte in Lexington umsteigen. Ich habe geschlafen und bin erst hier wieder

aufgewacht. John hat mir die Hütte für die Dauer meines Aufenthalts vermietet“, klärte sie auf. „Das glaube ich nicht“, sagte der Mann – immer noch unglaublich gehässig. „Wieso nicht?“ „Weil ICH die Hütte gemietet habe. Gestern schon. Also sehen Sie zu, dass Sie Land gewinnen.“ „Meinen Sie das ernst?“ Riley wurde langsam ärgerlich. „Ich habe für meinen Aufenthalt in dieser Hütte bezahlt, also bleibe ich auch hier. Wenn Ihnen etwas nicht passt, dann können Sie ja gehen.“ Wutschnaubend sah der Mann sie an, dann ging er an ihr vorbei ins Wohnzimmer. „Was haben Sie vor?“, fragte Riley, konnte es sich aber denken. Der Mann hatte das Telefon aus der Station genommen und ein Blatt Papier in der Hand, von dem er eine Nummer abtippte. „Ich rufe John an. Es muss sich um ein Missverständnis handeln. Er soll Sie hier wieder abholen und in einer anderen Hütte unterbringen, das kann ja nicht so schwer sein.“ Kopfschüttelnd lief er vor dem Sofa auf und ab. „Scheiße, keine Verbindung“, rief er nach einigen Augenblicken und warf das Telefon auf das Sofa. „Kein Wunder bei dem Wetter da draußen“, sagte Riley. Es hatte richtig heftig zu schneien begonnen, als John sie hier abgesetzt hatte. Wieso hatte er diesen Mieter nicht erwähnt? War es möglich, dass hier ein Irrtum vorlag? Hatte jemand anderes diesen Kerl hier einquartiert? Hatte John sich in der Hütte geirrt und ihr eigentlich eine ganz andere zuweisen wollen? War John vergesslich und so zerstreut, dass er sich nicht daran erinnern konnte, dass die Hütte belegt war? Oder war dieser Typ es am Ende, der gar nicht hier sein sollte?

Andererseits, warum hätte er dann John anrufen und ihn wegen Riley fragen sollen? Sie sah den Mann an. Er fuhr sich entnervt durch die Haare und warf ihr einen Blick zu, als hätte sie gerade seine Großmutter überfahren – mutwillig.
„Hören Sie“, begann Riley schließlich, „offenbar liegt hier ein Missverständnis vor. So wie es aussieht, wurde die Hütte irrtümlich zweimal vermietet. Das ist doch kein Drama. Sie ist groß genug für uns beide und das Essen reicht … locker bis Juli. Da oben gibt es bestimmt mehrere Schlafzimmer, und wenn nicht, bin ich gerne bereit, die Couch im Wohnzimmer zu nehmen. Und ich habe ohnehin keine große Lust auf Gesellschaft. Warum arrangieren wir uns also nicht mit der Situation und warten, bis der Sturm sich beruhigt hat? John holt mich dann nämlich wieder ab und bringt mich zum Bahnhof, von wo aus ich nach Fairview weiterreise.“
Der Mann sah Riley einige Augenblicke lang an. Dann schnappte er sich das Telefon, das er zuvor aufs Sofa geworfen hatte, und drückte die Wahlwiederholungstaste, nur, um es wenige Augenblicke später wieder entnervt fallen zu lassen.
„Na großartig. Ich habe diese Hütte gemietet, weil ich allein sein möchte. Ich habe nichts weiter verlangt als ein paar Tage Ruhe und Abgeschiedenheit. Und jetzt muss ich die Feiertage mit Ihnen verbringen. Wie schlimm kann es eigentlich noch werden?“
„Wow, Sie sind echt ein netter Kerl“, sagte Riley. Sie verstand absolut nicht, warum dieser Typ hier so ein Drama machte. Klar hätte sie es auch lieber gehabt, die Hütte für sich allein zu haben. Den ganzen Tag über herumzuliegen und im Pyjama zu bleiben, konnte sie

sich jetzt abschminken. Aber so zu tun, als wäre sie eine entlaufene Massenmörderin, mit der man Mr. Unbekannt hier zwangsbeglückte, war doch etwas übertrieben.

„Können Sie einfach still sein, ja? Es reicht mir, dass ich die nächsten Tage gezwungen bin, mit Ihnen hier zu sein, da wäre es großartig, wenn Sie mich einfach in Ruhe lassen würden."

Riley sah ihn entgeistert an. Dieser Mann schien Sie von Grund auf zu hassen, obwohl er sie noch nicht einmal kannte.

„Fröhliche Weihnachten", sagte sie mit sarkastischem Unterton.

„Das ist wirklich die Höhe", beklagte sich der Mann, eher mit sich selbst sprechend als mit Riley. „Ich habe nicht viel verlangt. Nur meine Ruhe. Einfach ein paar Tage Stille und Frieden. Und jetzt …", er sah sie verächtlich an, „schneien Sie hier herein und verderben mir die Feiertage. Wie schlimm kann es eigentlich noch werden?"

Riley sah ihn schockiert an. Dieser Typ war doch verrückt.

„Vielleicht ist es besser, wenn ich mein Zeug packe und hier verschwinde", sagte er dann, „ich habe für eine Hütte im Wald bezahlt und nicht für …", er warf Riley noch einen seiner verächtlichen Blicke zu, „Ihre Gesellschaft."

„Wissen Sie was, ICH gehe", sagte Riley, nun ebenfalls genervt. „Machen Sie sich bloß nicht die Mühe, meinetwegen zu packen, ich werde zurück in die Stadt gehen und versuchen, noch irgendwo etwas zu finden. Meinetwegen schlafe ich auf der Bank in der Bahnhofswartehalle. Dort ist es immer noch netter, als hier mit Ihnen unter einem Dach zu sein, Sie Grinch."

Riley lief aus dem Wohnzimmer, schlüpfte in ihren Mantel, nahm ihren Koffer und öffnete die Tür. Sie war fest entschlossen, zurück in die Stadt zu laufen, so weit konnte das nun auch wieder nicht sein. Hatte der Schaffner im Zug nicht etwas von einem Hazzlebazzle-Inn oder so gesagt, das noch ein oder zwei Zimmer frei hatte? Ein eisiger Windstoß blies in ihr Gesicht und Schneeflocken, die sich längst in kleine Eisbälle verwandelt hatten, schlugen auf sie ein. Sie trat ins Freie und ließ die Tür hinter sich ins Schloss fallen. Für einige Augenblicke verharrte sie. Hätte der Typ, wer immer er auch sein mochte, nicht wenigstens so viel Anstand besitzen müssen, sie jetzt aufzuhalten? Hier draußen tobte der Sturm des Jahrhunderts und dieser Gentleman da drin ließ sie ernsthaft gehen. Dann keimte Wut in ihr auf. Männer waren doch alle immer gleich, und dieser Mistkerl da drin würde keinen Unterschied machen, egal, wie gut er aussah. Entschlossen stapfte sie los. Eher würde sie die Feiertage auf der Bahnhofsbank verbringen als mit diesem Typen da drin.

Es gestaltete sich als ziemlich schwierig, bei der Witterung, die hier draußen herrschte, überhaupt vorwärtszukommen. Rileys Gepäck erleichterte ihr dieses Unterfangen nicht gerade, und für einen Moment überlegte sie, ihren Koffer hier irgendwo abzustellen. Dass das eine blöde Idee war, kam ihr sofort in den Sinn. Sie hatte ihr gesamtes Hab und Gut in dem Koffer, ihre Lieblingsklamotten, Bücher und ihren Laptop. Niemals würde sie das alles hier zurücklassen.

Dann überlegte sie, wieder zurück zur Hütte zu gehen. Sie würde diesen Grinch dort drinnen einfach ignorieren, sich in ihrem Zimmer verbarrikadieren und Ende. Nein. Niemals würde sie klein beigeben und wieder zurück zu der Hütte laufen. Der Typ hatte ihr klipp und klar ins Gesicht gesagt, was er von der Idee hielt, dass sie sich die Unterkunft für ein paar Tage teilten. Lieber erfror sie hier draußen, als zurückzugehen und ihre Meinung zu ändern. Sie sah nach oben. Noch nie im Leben hatte sie derartige Schneemassen vom Himmel kommen sehen. Obwohl sie keine halbe Stunde in der Hütte verbracht hatte, konnte sie davor weder Reifenspuren noch Fußabdrücke ausmachen, um sich so zumindest ein kleines bisschen zu orientieren. Um sie herum war alles weiß, und es schien sogar so, dass der Weg, auf dem John sie hierhergebracht hatte, gar nicht existiert hätte. Sie kniff die Augen zusammen und sagte sich, dass das gar nicht sein konnte, aber es sah tatsächlich so aus, als wäre der Weg, den John beim Heranfahren an die Hütte genutzt hatte, nicht mehr da. Stattdessen standen dort eine Reihe Tannen, die mit einer dicken Schneeschicht bedeckt waren. Sie schüttelte den Kopf. Das konnte doch gar nicht sein. Bestimmt spielte ihr Gehirn ihr einen gehörigen Streich. Immerhin war sie schon ziemlich lang auf den Beinen. Sie war müde, ihr war kalt und es war dunkel. Natürlich gab es dort einen Weg. Auch wenn sie ihn jetzt nicht sehen konnte. Sie sah sich um. Es war ein Glücksspiel, welche Richtung sie einschlug, und so entschied sie sich, einfach geradeaus zu laufen und zu hoffen, irgendwo in der Zivilisation herauszukommen.

Riley war etwa fünfzehn Minuten gelaufen und wusste nicht, ob sie sich zweihundert Meter oder zwanzig Meilen vorwärtsbewegt hatte. Rund um sie gab es nur Bäume und Schnee, Schnee und Bäume. Die Hütte war längst in der Dunkelheit verschwunden, noch nicht einmal ihre Lichter konnte sie noch erkennen. Langsam verrauchte die Wut auf den Typen und ein mulmiges Gefühl breitete sich aus. Sie hätte doch lieber zurückgehen sollen, als sie noch die Möglichkeit dazu hatte. Besser, sie gab klein bei, als dass sie hier draußen tatsächlich erfror. Wieder einmal war sie Opfer ihrer eigenen Sturheit geworden, die sich seit der Aktion mit Randy noch verstärkt hatte. Sie wollte von keinem Kerl abhängig sein und einem auch gar nicht erst das Gefühl geben, seine Hilfe zu brauchen. Doch die Aktion mit dem überstürzten Verlassen der Hütte war unüberlegt gewesen. Es war eine ziemlich dumme Entscheidung gewesen, einfach wieder zu gehen. Sie hätte sich bestimmt irgendwie mit dem Kerl einigen können oder zumindest John anrufen und ihn bitten, sie wieder abzuholen. Meinetwegen hätte sie sich mit ein paar Keksen und etwas Milch in einem Schlafzimmer eingeschlossen und gewartet, bis die Wetterlage sich beruhigte. Dann erinnerte sie sich daran, was der Typ ihr alles an den Kopf geworfen hatte. Eher würde sie hier erfrieren, als wieder zurückzulaufen. Außerdem konnte es gar nicht mehr so lange dauern, bis sie aus dem Wald raus war. Als John sie hergebracht hatte, hatte das keine zehn Minuten gedauert. Klar, sie war jetzt zu Fuß und nicht mit dem Auto unterwegs, aber das kleine Wäldchen, in dem die Hütte stand, hatte eher wie eine Ansammlung aus ein paar Bäumen gewirkt als wie ein Pendant zu einem Regenwald. Außerdem war

John im Schneckentempo gefahren. Natürlich war es auch leicht möglich, dass Riley in die falsche Richtung, also in den Wald hinein, statt daraus heraus lief. Ein Schauer glitt über ihren Rücken. Sie saß ganz schön in der Klemme, wenn das tatsächlich der Fall war. Sie machte einen Schritt und knickte um. Ein stechender Schmerz fuhr durch ihren Knöchel und sie sank zu Boden. Mit Gucci-Stiefeln hier draußen herumzustöckeln, deren Absatz etwa fünfzehn Zentimeter betrug, war nicht gerade eine Meisterleistung in Sachen Intelligenz. Sie setzte sich auf ihren Hosenboden und lehnte sich an einen Baum. Sie war völlig außer Atem, ihr Bein schmerzte höllisch, und sie wusste nicht, in welche Richtung sie gehen musste. Tränen kullerten über ihre Wangen, und es war ihr egal, ob ihr Prada-Mantel dreckig wurde oder der Schnee sich durch ihre Klamotten fraß. Sie stellte fest, dass sie relativ gefasst war, als der Gedanke, dass sie hier nicht würde rausfinden, über sie hereinbrach. Sie erinnerte sich, einmal gelesen zu haben, dass ein normaler Mensch bei durchschnittlicher körperlicher Konstitution in etwa vier bis fünf Stunden überlebte, ehe er erfror, wenn die Außentemperatur irgendwo zwischen minus zehn und minus zwanzig Grad betrug. Wie kalt es hier draußen tatsächlich war, wusste Riley ebenso wenig wie, was „normale körperliche Konstitution“ bedeutete. Es wurde immer kälter und kälter, und es schien, als hätte der Schneefall noch einmal zugelegt. Sie wusste, dass sie jetzt nicht hierbleiben durfte. Sie musste sich aufraffen und dann entweder versuchen, aus diesem Wald zu kommen, oder sich zurück zur Hütte durchschlagen. Riley beschloss, sich ganz kurz etwas auszuruhen, bis das fiese, stechende Pochen in ihrem Bein aufgehört hatte, und dann weiterzugehen. Nur nicht jetzt. Sie bemerkte, wie sie langsam müde wurde, und ermahnte sich selbst, bloß nicht einzuschlafen. Jeder wusste schließlich, dass man nicht einschlafen durfte, wenn man kurz vorm Erfrieren war. Doch da war es bereits zu spät.

19. DEZEMBER

NOCH FÜNF TAGE BIS HEILIGABEND

FÜNF

Als Riley erwachte, war sie zunächst orientierungslos. Sie fand sich in einem warmen, weichen Bett unter einer dicken, flauschigen Decke mit unzähligen Kissen. Draußen schneite es. Sie hatte keine Ahnung, wie sie hierhergekommen war, als sie sich langsam daran erinnerte, was am Vortag passiert war. Sie hatte ihre Ausstiegsstelle in Lexington verschlafen und war dann in einem Nest namens Beaver Creek gelandet, wo sie von einem Typen namens John in seiner Hütte untergebracht wurde, in der sie bleiben sollte, bis das Wetter sich wieder etwas besserte. Sie erinnerte sich an den heißen Typen, der sie in der Hütte empfangen und sie gleich darauf wieder hinauskomplimentiert hatte, und sie erinnerte sich, dass sie versucht hatte, zu Fuß in die Stadt zu gelangen, dann aber umgeknickt war. Was war dann passiert? Wie war sie in dieses Bett gekommen und wo war sie überhaupt? Im nächsten Moment wurden ihr drei Dinge auf einmal klar:

1. Ihr Fuß tat immer noch höllisch weh und schien stark angeschwollen zu sein
2. Sie war splitterfasernackt
3. Jemand, der ebenso splitterfasernackt war, lag neben ihr und hielt sie in einer innigen Umarmung mit starken Armen und sanften Händen fest.

Panik stieg in Riley auf und sie versteifte sich im nächsten Moment komplett. Was war geschehen? Sie hatte absolut keine Erinnerung daran, was passiert war, nachdem sie umgeknickt war, und hoffte inständig, dass nicht einige verrückte Hillbillies sie zu ihrer eigenen Sexsklavin gemacht hatten. Andererseits konnte sie sich kaum vorstellen, dass ein hinterwäldlerischer Hillbillie so weiche, sanfte Haut hatte und ihr ein derartiges Gefühl der Geborgenheit vermitteln konnte, wie es die Person tat, die gerade hinter ihr in Löffelchenstellung lag und den Arm um sie gelegt hatte. Vor sich sah Riley gepflegte, lange Männerfinger, die sich mit ihren Fingern verflochten hatten. Die Person hinter ihr musste eine ausgeprägte Bauchmuskulatur haben, das spürte sie, als der Bauch sanft bei jedem Einatmen gegen ihren Rücken gepresst wurde. Sie bekam eine Gänsehaut am ganzen Körper und versuchte krampfhaft, sich an den vergangenen Abend zu erinnern, was ihr allerdings nicht gelang. Ihre Erinnerung endete mit dem Gedanken, sich kurz im Schnee auszuruhen, als sie gestürzt war. Danach war da rein gar nichts mehr.

„Gut, Sie sind wach“, sagte der Mann, der neben ihr lag. Riley wagte nicht, sich umzudrehen; zum einen weil sie nicht wissen wollte, wer hier neben ihr lag, und zum anderen, weil sie vermeiden wollte, noch mehr Körperkontakt mit dem Fremden zu haben, als es ohnehin schon der Fall war. Der Mann entließ sie aus seiner Umarmung und Riley wickelte sich in ihre Decke ein und setzte sich auf.
„Sie?“, rief sie fast schockiert, als sie bemerkte, wer sie so innig im Arm gehalten hatte. Es war der fiese Typ, der sie noch am Vorabend aus der Hütte geworfen hatte. Jetzt stand er mit dem Rücken zu ihr und zog sich ziemlich sexy seine Boxershorts über den knackigen Hintern. Riley wurde heiß. Der Typ war zwar so ziemlich das größte Arschloch, das auf dem Erdball wandelte, aber gleichzeitig auch das heißeste.
„O mein Gott. O mein Gott, o mein Gott, o mein Gott, o mein Gott“, rief Riley. „Was haben wir getan?“
Der Typ drehte sich zu ihr um und ihr Herz setzte für einen Schlag aus. Noch nie in ihrem Leben hatte sie einen so gut aussehenden Mann getroffen. Er war groß und sportlich, definierte Muskeln zeichneten sich auf seiner Brust und seinem Bauch ab. Seine Vorderansicht war genauso heiß wie seine Rückansicht.
„Bilden Sie sich bloß nichts ein. Wir hatten keinen Sex“, sagte er jetzt.
„Sondern?“, fragte Riley. Wieso lagen sie nackt aneinandergekuschelt in einem Bett, wenn nichts gelaufen war?
„Ich habe Sie gestern Nacht im Wald aufgelesen. Sie waren ziemlich unterkühlt, und die beste Methode,

jemanden, der sich eine Unterkühlung zugezogen hat, wieder aufzuwärmen, ist Körperkontakt."
„Warum haben Sie mich aufgelesen?", fragte Riley und versuchte, den Gedanken zu verdrängen, dass sie es ziemlich schade fand, dass sie mit dem heißen Typen, dessen Namen sie immer noch nicht kannte, nicht geschlafen hatte.
„Weil ich kein völliges Arschloch bin", sagte er. „Oder dachten Sie wirklich, ich lasse Sie da draußen im Wald erfrieren?"
„So wie Sie sich gestern betragen haben, hätte es mich nicht gewundert", erwiderte Riley. Mit jedem Wort, das der Typ sagte, wurde er zunehmend wieder zu dem Ekel vom Vorabend. Kaum zu glauben, dass er sich vor wenigen Augenblicken noch so angenehm und sanft angefühlt hatte. Kaum zu glauben, dass Riley sich in diesem Moment wirklich nach seiner Umarmung sehnte.
„Was ist überhaupt passiert?", wollte sie schließlich wissen.
„Sie haben einen auf Prinzessin gemacht und sind aus der Hütte in den Wald rausgestürmt. Ich habe Sie dann gesucht und Sie etwa eine Meile von hier gefunden. Sie waren völlig unterkühlt und ohne Bewusstsein. Ihnen hätte sonst was passieren können durch Ihr kindisches Verhalten."
„Mein kindisches Verhalten? Also hören Sie mal. Immerhin haben Sie ja getan, als wäre es das größte Drama der Welt, dass wir uns ein paar Tage dieses Haus hier teilen müssen. Warum sind Sie mir überhaupt nachgelaufen, wenn Sie mich ohnehin nicht leiden können?"
„Weil ich mich dazu verpflichtet habe, Menschen zu

helfen.“ Mittlerweile war er in seine Jeans geschlüpft und sah unglaublich heiß dabei aus, wie er erst die Knopfleiste, dann den Gürtel schloss und oben ohne vor ihr stand. Er hätte einem erotischen Traum einer jeden Frau auf diesem Erdball entstiegen sein können mit seinen grünen Augen, dem markanten Gesicht und den zerwuschelten dunkelblonden Haaren. Gott, war dieser Mann wunderschön.

„O toll, Sie sind also Pfadfinder.“

Der Mann blitzte Riley böse an, sie bemerkte aber auch eine Art Amüsiertheit in seinem Blick.

„Ich bin Arzt“, sagte er, dann ging er aus dem Raum.

Riley warf sich zurück in die Kissen und stellte neuerlich fest, dass sie absolut nichts am Leib trug. Seit der Sache mit Randy hatte sie Männer und Dates gemieden wie der Teufel das Weihwasser. Und dann verbrachte sie eine Nacht eng umschlungen mit einem ganz besonders gut aussehenden Exemplar, das obendrein so ziemlich das größte Arschloch sein musste, das auf Gottes weiter Welt wandelte. Ein Kribbeln schlich ihren Körper hinauf, als sie die Momente Revue passieren ließ, in denen der Typ – sie wusste noch nicht einmal seinen Namen – sie gehalten hatte. Die Wärme, die von ihm ausgegangen war, seine Finger mit den ihren verflochten. Es hatte sich alles so zärtlich und so liebevoll angefühlt. Bis er den Mund aufgemacht hatte und wieder zum Arschloch geworden war. Sie musste sich etwas anziehen. Sie konnte nicht den ganzen Tag über nackt im Bett bleiben und fragte sich, wo ihr Gepäck abgeblieben war. Schlimmstenfalls stand es immer noch mitten im Wald, wo Mr. Unbekannt sie aufgelesen hatte. Sie kletterte aus dem

Bett und stellte fest, dass ihr Fuß immer noch schmerzte. Sie blickte an sich hinunter und sah, dass er stark angeschwollen und einbandagiert war. Dann sah sie sich um und überlegte. Hier drin war rein gar nichts, was einem Kleidungsstück auch nur im Entferntesten ähnlich war. Ihr Blick fiel auf die Decke, mit der sie kurz zuvor noch zugedeckt gewesen war.

„Kommen Sie runter, ich mach Ihnen eine Suppe, damit Sie nicht wieder auskühlen, und seh mir Ihr Bein noch einmal an."

Riley erschrak. Sie stand splitternackt vor ihrem Bett, als der Typ hereinplatzte.

„Mein Gott, können Sie nicht anklopfen", rief sie aufgebracht und riss die Decke vom Bett, um sich darin einzuhüllen.

„Glauben Sie mir, man könnte Sie mir nackt auf den Bauch binden und Sie wären mir egal", sagte der Typ arrogant und sah sie an. Etwas lag in seinem Blick, was sie magisch anzog. Allerdings war alles, was aus seinem Mund kam, absolut unsympathischer Bullshit. Verärgert erwiderte Riley seinen Blick.

„Warum …", setzte sie an, doch dann unterbrach sie sich. Sie wollte ihn fragen, warum er sie nackt im Arm gehalten hatte, konnte es sich dann aber schon vorstellen. Sie hatte einmal gelesen, dass ein ausgekühlter Körper sich schneller erwärmte, wenn er von einem warmen Körper gehalten, „umschlossen" wurde. Nichts anderes hatte der Typ gemacht. Vermutlich hätte er sich auch nackt neben einen fünfzigjährigen Sumoringer gelegt, hätte es gegolten, den Mann aufzuwärmen.

„Hier sind Ihre Klamotten", sagte er und stellte ihren Koffer neben die Tür, dann schloss er sie wieder.

Kurze Zeit später humpelte Riley die Stufen der Hütte hinunter und warf einen Blick auf deren Einrichtung. Das Wort „Hütte“ kam einer maßlosen Untertreibung gleich, wenn man besah, wie sie ausgestattet war. Es gab drei Schlafräume und ein Bad im Obergeschoss sowie eine verglaste Galerie, die im Erdgeschoss in einem Wintergarten mündete. Unten gab es ebenfalls ein Badezimmer, ein geräumiges Wohnzimmer und eine heimelige Küche, aus der jetzt der Duft von heißer Suppe kam. Riley betrat die Küche und sah den Typen am Herd stehen, der gerade in einem Topf umrührte.
„Sie haben es endlich geschafft, sich etwas anzuziehen, großartig“, sagte er grimmig. Riley rollte mit den Augen. Dieser Grinch hatte ihr zwar ganz offensichtlich das Leben gerettet, andererseits war er so ziemlich das größte Ekelpaket, das ihr bislang unter die Augen getreten war. Schade, dass ausgerechnet er so unglaublich attraktiv war. Riley setzte sich dem Typen gegenüber und sah ihm beim Kochen zu. Mittlerweile hatte auch er sich einen dunkelblauen Pullover mit V-Ausschnitt angezogen, der einen minimalen Blick auf die grenzgeniale Brust zuließ, die sich einige Zeit zuvor noch an Rileys Rücken geschmiegt hatte. Der Mann beachtete Riley gar nicht und ignorierte sie so sehr, dass sie bereits an ihrer eigenen Existenz zu zweifeln begann.
„Haben Sie auch einen Namen?“, fragte sie schließlich. Der Typ sah auf, ohne den Kopf zu heben, und überlegte vermutlich, ob er ihn ihr verraten sollte.
„Liam“, sagte er einsilbig, und sie wusste nicht, ob das stimmte oder ob er einfach den nächstbesten Namen gesagt hatte, der ihm eingefallen war. Es wäre gut

möglich gewesen, dass er sie sogar anschwindelte, was seinen Namen betraf.
„Freut mich, Sie kennenzulernen“, erwiderte Riley, nicht ohne etwas Sarkasmus mit einfließen zu lassen. Draußen schneite es unentwegt weiter, und sie hätte große Lust gehabt, einen Schneespaziergang zu machen. Doch unter den gegebenen Umständen – ihr Fuß schmerzte immer noch und Liam war absolut ungenießbar – verschob sie den Gedanken auf später.
„Setzen Sie sich da rüber“, sagte Liam und deutete auf den Sessel im Wohnzimmer.
„Warum?“
„Weil ich mir jetzt Ihren Fuß ansehe. Er war gestern ganz schön geschwollen, ich glaube aber nicht, dass es etwas Ernstes ist.“
Ohne ein Wort zu sagen, humpelte Riley hinüber ins Wohnzimmer und ließ sich in den Sessel fallen. Nur wenige Augenblicke später kam Liam mit einem Ärztekoffer herein, der Riley schmunzeln ließ. Um ihn nicht weiter zu verärgern, sagte sie aber kein Wort. Liam ging vor Riley in die Knie und nahm sanft ihr rechtes Bein. Mit geschickten Fingern löste er die Bandage und strich sanft über ihren immer noch geschwollenen Fuß. Dann drehte er ihn langsam in alle Richtungen. Schmerzvoll verzerrte Riley das Gesicht.
„Tut das weh?“
„Ein bisschen.“
Er holte eine Tube aus seinem Koffer.
„Das hier wird die Schmerzen lindern und die Schwellung abmildern. Wenn Sie wollen, gebe ich Ihnen eine Schmerztablette, aber ich halte nicht viel davon, sich wegen jeder Kleinigkeit Medikamente einzuwerfen.“

„Danke, es geht schon. Ich halte auch nicht viel davon, Aspirin und Co. zu futtern wie Smarties.“ Liam sah sie an und sie erkannte die Andeutung eines Lächelns auf seinen Lippen, was ihr ein kribbeliges Gefühl im Bauch bescherte. O Mann, dieser Typ war so heiß. Und löste so unglaublich viel in ihr aus. Liam trug etwas Salbe auf Rileys Fuß auf und massierte sie sanft ein, ehe er die Bandage wieder anlegte.
„So, das hätten wir. Sehen Sie zu, dass Sie den Fuß nicht zu stark belasten, ich seh ihn mir heute Abend noch mal an.“
„Danke.“
„Keine Ursache.“ Er stand auf und verschwand mit seinem Köfferchen in der Küche, wo er sich schließlich wieder der Suppe widmete. Riley humpelte ebenfalls zurück in die Küche. Vielleicht war Liam jetzt etwas aufgetaut. Zumindest hatte er ihr die Andeutung eines Lächelns geschenkt. Sie setzte sich auf den Hocker an der Kücheninsel und sah ihm beim Kochen zu.
„Wieso sind Sie eigentlich so ein Ekelpaket?“, fragte sie nach einigen Augenblicken geradeheraus. Er hob den Kopf kurz, sah sie an, fixierte ihren Blick für einige Momente und wandte sich dann wieder der Suppe zu. Eine heiße Woge durchfloss sie. Verdammt, dieser Typ hatte eine unglaubliche Wirkung auf sie. Und gerade er musste in ihr so etwas wie den Antichristen sehen.
„Konnten Sie John schon erreichen? Funktioniert das Telefon wieder?“ Sie wollte nichts weiter als weg aus diesem Haus – beziehungsweise aus der Nähe dieses unsagbar unhöflichen Menschen.
„Immer noch tot“, murrte Liam und rührte in der Suppe, von der Dampf aufstieg. Riley hatte sich geirrt, seine Laune hatte sich kein bisschen gebessert.

„Tut mir leid", sagte Riley und wusste, dass sie ihn mit ihren Kommentaren auf die Palme brachte. Aber sie wollte sich von jemandem wie ihm nicht einschüchtern lassen.
„Danke übrigens, dass Sie mich gestern gerettet haben", sagte Riley und versuchte auf diese Art und Weise, einen Zugang zu Mr. Wortkarg zu bekommen, der aber nicht auf sie reagierte. Es war unmöglich, diesen Kerl auch nur ein ganz kleines bisschen aus der Reserve zu locken. Dass er immer noch sauer war, weil sie irrtümlich ebenfalls in Hütte Nr. 9 gestrandet war, war lachhaft.
Sie ließ nicht locker. „Kann ich Ihnen bei irgendetwas helfen?" Der Schönling sah sie an und hielt ihren Blick für ein, zwei Augenblicke fest, sodass Riley ganz anders wurde. Die Art, wie dieser Mann sie ansah, so etwas hatte sie noch nie erlebt. Es war fast so, als würde er durch sie hindurch in ihr Innerstes blicken. Doch so schnell, wie diese warmen Blicke aufgetaucht waren, so schnell waren sie auch wieder verschwunden. Liam holte eine Suppenschüssel aus einem Küchenschrank, füllte zwei Kellen dampfende Suppe hinein, stellte sie auf ein Tablett und reichte sie Riley.
„Sie könnten die hier essen, Ihre Klappe halten und mir für den Rest des Tages aus dem Weg gehen", sagte er in gehässigem Ton, aber mit einem aufgesetzten Lächeln auf den Lippen. „Wenn wir schon gezwungen sind, die nächsten Tage hier miteinander zu verbringen, dann wäre es toll, wenn Sie so rücksichtsvoll sein könnten, mir nicht ständig auf die Nerven zu gehen. Ich habe kein Interesse an Ihnen, ich habe kein Interesse an Gesprächen, und ich habe auch kein Interesse, mit Ihnen draußen im Schnee spazieren zu gehen, falls

Ihnen diese Idee kommen sollte. Versuchen Sie einfach, unsichtbar zu sein.“ Riley fielen Liams stahlblaue Augen auf, in denen man sich vermutlich verlieren konnte, wenn er nicht gerade das Ekelpaket des Jahrtausends heraushängen ließ. Sie fragte sich, wie die Frau wohl sein musste, die diesen Typen aus der Reserve locken konnte. Oder stand er am Ende auf Kerle? Nein. Dieser Typ hier stand ganz offensichtlich auf gar nichts und niemanden. So wie der sich aufführte, hasste er sich und die ganze Welt.

„Hören Sie, es ist jetzt hell. Ich könnte meine Sportschuhe anziehen und in die Stadt laufen. Oder zumindest zum nächsten Haus, von wo aus ich bestimmt die Möglichkeit bekomme, mir eine andere Unterkunft zu suchen. Ich lasse mein Gepäck hier und jemand soll es später abholen. Ich bin mir sicher, dass ich irgendwo noch ein Zimmer bekomme, oder vielleicht habe ich sogar Glück und erwische einen Zug nach Fairview.“

„Sie haben einen verstauchten Knöchel und Ihr Fuß ist angeschwollen. Sie würden damit in keinen Schuh dieser Welt passen, und selbst wenn, würden Sie keine hundert Meter weit kommen. Und ich habe auch ehrlich gesagt keine Lust darauf, Sie jeden Tag einzufangen wie einen entlaufenen Hund. Wir werden die paar Tage, bis Sie weiterreisen können, eben einfach gemeinsam verbringen und das Beste daraus machen müssen. Bis dahin versuchen Sie in Gottes Namen einfach, mir aus dem Weg zu gehen, das kann doch nicht so schwer sein. Und sparen Sie sich Ihre ständigen Kontaktversuche. Ich habe keine Lust auf Gesellschaft und will meine Ruhe haben. Ist das so schwer zu verstehen?“

Ungläubig starrte Riley den Typen an, der sich umgedreht hatte und aus der Küche gegangen war. Noch nie in ihrem ganzen Leben war sie bei jemandem auf eine derart strikte Ablehnung gestoßen wie bei diesem Mann. Und das noch dazu ganz ohne Grund.

SECHS

Den Nachmittag verbrachte Riley zurückgezogen in ihrem Zimmer. Diesen Urlaub hatte sie sich völlig anders vorgestellt. Das Telefon war immer noch tot und ihr Handy hatte hier draußen keinen Empfang. Sollte ihre Mutter versucht haben, sie zu erreichen, würde sie mittlerweile in Panik geraten sein. Und dieses Mal war es ihr auch gar nicht zu verübeln. Immerhin war Riley mitten im Nirgendwo und nicht erreichbar. Sie malte sich aus, was für Horrorszenarien Elaine sich wohl durch den Kopf gehen ließ, und hoffte inständig, dass sie auf der Kreuzfahrt so gut unterhalten wurde, dass sie gar nicht erst versuchte, ihre Kinder zu kontaktieren. Was ihre Mutter wohl von der ganzen Situation hier halten würde? Riley war völlig abgeschottet vom Rest der Welt mit einem heiß aussehenden Typen, der ihr klar zu verstehen gegeben hatte, dass er sie hier nicht haben wollte. Sie lächelte bitter. Das war mal wieder typisch für sie. Nicht nur, dass sie ihren Anschlusszug verschlief, sie landete hier in einer kleinen Blockhütte im Wald mit einem der heißesten Typen, die sie jemals gesehen hatte. Und gerade dieser Typ lehnte sie so sehr ab, dass es fast schon krankhaft war. Jede andere Frau hätte mit Liam vermutlich zumindest ein paar heiße Nächte hier verbracht. Sie verbarrikadierte sich in ihrem Zimmer und hatte die Order, sich ja nicht zu sehr blicken zu lassen.

Als die Abenddämmerung hereinbrach, fiel ihr die Decke auf den Kopf. Riley war ein aufgeschlossener, herzlicher Typ Mensch. Hier ganz allein mit sich zu sein und das Zimmer nicht verlassen zu können – sie wollte einer weiteren Konfrontation mit Liam aus dem Weg gehen –, machte ihr schwer zu schaffen. Draußen hatte es mittlerweile zu schneien aufgehört und der Sturm hatte sich gelegt. Ihr Fuß tat zwar immer noch weh, aber die Schmerzen waren deutlich zurückgegangen und die Schwellung auch, sodass sie wieder problemlos auftreten konnte und nur noch ein leichtes Ziehen verspürte. In ihr manifestierte sich der Drang, nach draußen zu gehen. Sie hatte den ganzen Tag in ihrem Zimmer verbracht, gelesen, in Magazinen, die sie mitgebracht hatte, geblättert und etwas geschlafen, und sie fühlte sich wie jemand, der in einer Gefängniszelle saß. Sie stand auf, schlüpfte in einen dicken Pulli und kramte ihre Winterstiefel hervor. Liam hatte recht gehabt. Es schmerzte sie ziemlich, als sie ihren rechten Fuß in den Schaft schob und den Fuß schließlich abbog, doch das unbändige Gefühl, hinaus in die Natur zu kommen und die Umgebung etwas zu erkunden, war stärker. Sie war heilfroh, dass ihr die Stiefel ein bisschen zu groß waren – sie hatte sie extra eine Nummer größer gekauft, um dicke Socken darin tragen zu können – das kam ihrem lädierten Fuß jetzt zu Gute. Sie holte ihre Winterjacke aus dem Koffer, setzte eine Mütze auf, zog ihre Handschuhe an und war bereit für einen Winterspaziergang.

Liam saß in einem Sessel im Wintergarten, als Riley die Treppen hinuntergehumpelt kam.
„Ich gehe eine Runde spazieren, haben Sie Lust, mitzukommen?“, fragte sie, ehe sie sich daran erinncrtc, dass sie hier mit dem Grinch höchstpersönlich zusammenwohnte, der ihr am Morgen auch noch gesagt hatte, dass sie ihn gar nicht erst zu fragen brauchte, sollte ihr die Idee eines Spaziergangs kommen. Liam sah auf.
„Ich lese Sie nicht wieder auf, wenn Sie jetzt rausgehen“, brummte er.
„Ist auch gar nicht nötig“, erwiderte Riley und öffnete die Hintertür. Die kalte Winterluft hüllte ihr Gesicht ein, und obwohl es bitterkalt draußen war, machte sich ein Wohlgefühl in Riley breit. Sie zog den Reißverschluss ihrer Jacke hoch und stapfte durch den Schnee, der bereits bis an ihre Knie reichte. Es war ein wunderbarer klarer Winterabend, und obwohl es in der Hütte alles andere als Weihnachtlich war, überkam Riley jetzt ein Hauch von Weihnachtsstimmung.

Es war mühsam, sich durch die Schneemassen fortzubewegen, erst recht, weil sie immer noch humpelte und ihr Fuß wehtat, doch Riley fühlte sich großartig. Immer wieder sah sie sich um, um zu prüfen, dass die Spuren, die sie im Schnee hinterlassen hatte, auch noch da waren, doch an diesem Abend schien es so, als wäre der Wald ihr wohlgesonnen. Es schneite nicht, und das Mondlicht strahlte hell auf den Weg, auf dem sie lief, und zeigte ihr ihre Spuren. Es wäre nicht auszudenken gewesen, würde sie sich ein zweites Mal hier verirren. Zumal sie sich sicher war, dass Liams Drohung ernst zu nehmen war – er würde sie bestimmt kein zweites Mal retten. Riley marschierte um eine Biegung und erschrak im nächsten Moment. Es war, als wäre jemand hier, was absolut absurd war. Es war fast Abend, dunkel und nichts und niemand würde sich in dieses Stück Wald verirrt haben. Oder etwa doch? Es hörte sich fast so an, als würde jemand in der Nähe … kratzen. Sie schüttelte den Kopf. Bestimmt bildete sie sich das alles nur ein. Oder aber ein Tier, ein Reh oder ein Hase hatten sich hier in der Nähe versteckt. Riley ging ein paar Schritte weiter, als sie aus dem Augenwinkel eine Bewegung wahrnahm. Das war kein Hase und auch kein Reh. Langsam bekam sie es doch mit der Angst zu tun, aber ihre Neugier war stärker und sie drehte sich um. Vor ihr befand sich ein Dickicht aus Ästen und kahlen Büschen. Hier draußen war nichts und niemand, und die einbrechende Dunkelheit machte es ihr nicht gerade einfach, etwas zu erkennen. Vielleicht hatte ihr Kopf ihr einen Streich gespielt. Es war viel passiert, seit sie am Tag zuvor aus New York abgereist war, da war es schon möglich, dass sie etwas überreizt war. Sie beschloss, zurückzugehen, doch in dem Moment, in dem sie sich von dem Gebüsch abwandte, vernahm sie ein helles Wimmern. Sie hielt inne, ging auf den schneebedeckten, kargen

Winterbusch zu und bog trockene Zweige zur Seite. Dann traute sie ihren Augen nicht. Ein kleines Kätzchen lag dort. Zuerst hätte Riley es gar nicht erkannt, weil es schneeweiß war so wie die Schneedecke, auf der es lag, doch dann sah das Kätzchen sie an und miaute kläglich. Es war klapperdürr und sein Fell war struppig und nass. Riley überlegte nicht lange, hob das kleine Bündel Fell hoch und schob es in die Innenseite ihrer Jacke, damit es gewärmt wurde. Sie hatte keine Ahnung, wie das Kätzchen hier herauskam. Es musste sich noch um ein ganz junges Tier von höchstens zwei, drei Monaten handeln. Gut möglich, dass es cin Strcuner war, der sich verirrt hatte und der niemandem fehlte. Obwohl ihr Fuß wieder etwas mehr schmerzte, beeilte Riley sich, zurück zur Hütte zu kommen.

Den Rest der Strecke war sie trotz Schmerzen im Fuß gelaufen. Das Kätzchen wirkte ziemlich schwach und hatte sich die ganze Zeit über kaum bewegt, sodass Riley von Zeit zu Zeit prüfte, ob es überhaupt noch am Leben war. Ein mulmiges Gefühl breitete sich in ihr aus. Das Kleine musste unbedingt überleben. Sie riss die Tür auf und stürzte hinein.
„Liam?“, rief sie, und es war ihr egal, dass er ihr mehrfach „verboten“ hatte, mit ihm zu reden. Liam war Arzt. Wenn er Menschen behandeln konnte, wusste er bestimmt auch, wie man diesem Kätzchen helfen konnte.
„Liam?“
Er steckte den Kopf aus dem Wintergarten, wo er scheinbar die ganze Zeit über gesessen hatte, während Riley unterwegs war.

„Herrgott, was wollen Sie denn?“, fragte er genervt, doch Riley nahm von der üblen Laune, die er an den Tag legte, keine Notiz.
„Ich habe ein Kätzchen im Wald gefunden. Es ist verletzt. Ich glaube, es stirbt.“
Liam sah sie skeptisch an.
„Sie haben was?“
Riley holte das Kätzchen aus ihrer Jacke hervor und hielt es vorsichtig in ihren Händen. Es war so klein, dass es fast auf einer einzigen Handfläche Platz fand.
„Es lag im Wald unter einem Busch. Es geht ihm nicht gut, helfen Sie ihm.“
„Was meinen Sie denn, was ich tun soll?“
Liam sah das Kätzchen mitleidig an. Es war die erste Emotion, die Riley an ihm erkannte.
„Sie sind doch Arzt, da müssen Sie doch wissen, was zu tun ist.“
„Ich könnte dem Kätzchen eine neue Nase verpassen oder den Busen vergrößern.“ Liam grinste. Er war also nicht nur Arzt, sondern plastischer Chirurg. Diese Info nahm Riley nur am Rande wahr. Dafür bemerkte sie, dass die Sonne aufzugehen schien, wenn er lächelte und nicht so grimmig dreinblickte wie sonst.
„Haben Sie nichts mit dabei? Ich meine, Ärzte haben doch immer ihre Medizintaschen mit dabei. Mit einer Infusion oder so …“
„Sie sollten aufhören, diesen Grey's-Anatomy-Mist im Fernsehen anzusehen. Ich habe natürlich nicht immer ein Medizinkit greifbar. Und schon gar keine Infusionen für Katzen. Ich bin kein Tierarzt.“
„Aber … was sollen wir denn jetzt machen? Sie ist doch schon so schwach.“ Riley konnte ihre Tränen nicht mehr zurückhalten. Das Kätzchen sah überhaupt

nicht gut aus, und wenn nicht schnell etwas passierte, würde es nicht überleben.
„Trocknen Sie es erst einmal ab, damit es sich erwärmt", sagte Liam, „und dann bereiten Sie ihr ein Bettchen. Ich sehe mal, ob ich in der Küche etwas finde, was sie fressen kann, damit sie wieder zu Kräften kommt."
Riley lief mit dem Kätzchen ins Bad und wickelte es in ein flauschiges Badetuch ein. Das Tier nahm die Hektik, die rundherum passierte, gar nicht wahr, sondern atmete flach und hatte die Augen halb geschlossen.
„Haben Sie etwas gefunden?" Liam hatte einige Lebensmittel aus der Speisekammer und dem Kühlschrank geholt und sah sie ratlos an. „Ich habe keine Ahnung, was so eine Katze so frisst", sagte er. Riley ließ, das Kätzchen im Arm, ihren Blick über die Dinge gleiten, die auf der Kücheninsel standen. Liam hatte Speck, Käse, Milch, Sahne, Butter und Pudding herausgekramt.
„Versuchen wir es mit der Sahne", sagte Riley und erinnerte sich an ihren Kater Digger, den sie als Mädchen gehabt hatte. Der Kater hätte für ein Schälchen Sahne seine Großmutter verkauft.
„Sahne? Meinen Sie nicht, dass sie lieber Milch trinken würde?"
„Vertrauen Sie mir, Sahne müsste ein Geheimtipp sein", sagte Riley. „Milch ist deshalb nicht so gut, weil viele Katzen – wie Menschen auch – die Laktose darin nicht vertragen." Liam sah sie überrascht an, öffnete den Sahnebecher und hielt dem Kätzchen den Deckel unter die Nase. Es reagierte nicht. „Lassen Sie mich mal versuchen", sagte Riley und gab

etwas Sahne auf ihre Fingerkuppe, die sie dem Kätzchen dann vors Schnäuzchen hielt. Doch das Kleine reagierte immer noch nicht.

„Geben Sie mir ein Stück Käse“, ordnete Riley an.

„Käse? Das ist eine Katze, keine Maus“, bemerkte Liam.

„Ich weiß. Mein Kater Digger war verrückt nach Käse. Vielleicht mag die Kleine ihn auch.“

Liam packte eine Scheibe Gouda aus und gab sie Riley, die ein kleines Stück davon abbrach und es dem Kätzchen anbot. Auch hier: Fehlanzeige. Das Kätzchen war so schwach, dass es noch nicht einmal die Augen offen halten konnte. Wieder setzten Tränen bei Riley ein.

„Versuchen wir, ihr etwas Wasser einzuflößen, damit sie genügend Flüssigkeit hat. Vielleicht bekommt sie später Hunger“, schlug Liam vor. Riley sah ihn an. Sie wagte nicht auszusprechen, dass sie fürchtete, dass es „später“ vielleicht schon zu spät war.

„Kommen Sie, wir versuchen, ihr jetzt etwas Wasser zu geben, dann soll sie sich ausruhen, und wir sehen in einer Stunde noch mal nach ihr. Gut möglich, das sie sich erst aufwärmen und zu Kräften kommen muss. Dann wird der Appetit von ganz allein kommen.“ Liam hatte etwas Wasser auf einen Löffel gegeben und öffnete vorsichtig mit zwei Fingern das kleine Mäulchen des Kätzchens. Er ließ das Wasser hineinfließen und wiederholte den Vorgang ein zweites und ein drittes Mal.

„So. Legen Sie sie ins Wohnzimmer auf die Couch, dort ist es schön warm und sie kann sich erholen. Später versuchen wir noch einmal, ob wir sie dazu bekommen, was zu fressen, okay?“

„Okay." Riley brachte das schlafende Kätzchen ins Wohnzimmer und legte es mit seinem Handtuch auf der Couch ab. Sie kniete vor der Couch nieder und strich sanft über den ausgemergelten Katzenkörper.
„Haben Sie Lust auf eine Tasse Kakao? Sie müssen ja auch selbst ziemlich durchgefroren sein." Liam war hinter Riley aufgetaucht. Die Ablehnung, die er ihr gegenüber noch wenige Stunden zuvor an den Tag gelegt hatte, war verschwunden. Riley warf noch einmal einen Blick auf das Kätzchen.
„Danke", sagte sie, strich über das Fell und stand auf.
In der Küche hatte Liam bereits Kakao gemacht und ihn in zwei Tassen eingeschenkt. In jede Tasse hatte er außerdem noch eine Zimtstange gesteckt. Riley sah die Stangen fragend an.
„Immerhin haben wir Weihnachten", sagte er und zwinkerte ihr zu. Ein warmes Gefühl breitete sich in Riley aus. War es möglich, dass das kleine Kätzchen ihn aus der Reserve gelockt hatte? Riley ging zum Kühlschrank und holte Weißbrot, Wurst, Käse und Mayo hervor. Sie hatte den ganzen Tag über kaum etwas gegessen und ihr Magen grummelte wie verrückt. Sie machte einige Sandwiches und stapelte sie auf einem Teller, den sie auf dem Tisch zwischen Liam und sich selbst stellte.
„Leider bin ich in der Küche eine Niete. Bei Sandwiches ist schon Schluss", sagte sie und griff eines der belegten Brote. Liam nahm ebenfalls eines. Nach zwei Bissen legte Riley ihr Sandwich wieder weg und sah besorgt zu dem Kätzchen hinüber, das immer noch reglos eingehüllt in sein Badetuch auf der Couch lag.
„Lassen Sie ihr etwas Ruhe. Essen Sie auf, und dann versuchen wir, sie noch einmal zum Essen zu

animieren“, sagte Liam. Der ganze Unmut, seine Ablehnung und sein Zorn schienen wie weggeblasen zu sein. Nach dem Essen räumten sie gemeinsam den Tisch ab und Riley ging mit allerlei Leckereien, für die gesunde Katzen vermutlich töten würden, zu der Couch hinüber. Das Kätzchen öffnete schwach seine Augen und sah Riley traurig an, fast so, als wollte es ihr sagen, dass sie wusste, dass Riley versuchte, ihr zu helfen, aber dass sie nichts dafürkonnte, dass sie nicht fraß. Auch dieses Mal verweigerte das Kätzchen jegliche Nahrungsaufnahme, und Riley schaffte es nur mit Müh und Not, ihr ein wenig Sahne einzuflößen.

„Ich fürchte, wir können nichts für das Kätzchen tun, wenn es nicht anfängt, zu fressen“, sprach Liam die Worte aus, die ihr das Herz brachen.

„Aber … gibt es hier keinen Tierarzt? Vielleicht funktioniert das Telefon wieder und wir könnten John fragen …“

Liam sah sie mitleidig an.

„Das Kätzchen ist unglaublich schwach, es ist noch sehr klein, und wer weiß, wie lange es schon im Schnee gelegen hat. Wenn seine inneren Organe nicht mehr mitspielen, dann ist es zu spät.“

Riley brach in Tränen aus und strich über das samtig weiche Fell. „Nein, es muss eine Möglichkeit geben. Heutzutage ist die Medizin in der Lage, Gesichter zu transplantieren. Da soll es nicht möglich sein, einem kleinen Kätzchen zu helfen?“

„Wir sind hier mitten im Nirgendwo und obendrein

eingeschneit. Alles, was wir tun können, ist, dem kleinen zur Seite zu stehen und auf ein Wunder zu hoffen. Ich möchte Ihnen aber nicht zu große Hoffnungen machen."
Riley nahm das Handtuch mit dem Kätzchen und drückte den kleinen, leblosen Körper an sich.
„Gehen Sie schlafen, ruhen Sie sich etwas aus. Es war auch für Sie ein anstrengender Tag. Ihr Fuß braucht ebenfalls Ruhe."
„Ich denke nicht daran. Glauben Sie wirklich, ich lasse das Kätzchen allein, wenn es stirbt? Ich bleibe bei ihm." Unentwegt rollten Tränen über Rileys Wangen.

Es war eine schlimme Nacht, die Riley da verbrachte. Liam hatte sich, kurz nachdem sie beschlossen hatte, bei dem Kätzchen zu bleiben, ins Bett verabschiedet, und sie versuchte immer und immer wieder, die kleine Katze zum Fressen zu animieren. Sie hatte Pastete, Sahne, Käse, Schinken und Hackfleisch aus der Küche geholt und überall rund um die Couch kleine Teller verteilt, damit das Kätzchen auswählen konnte. Doch jedes Mal, wenn Riley voller Hoffnung versuchte, dem Tier etwas anzubieten, lehnte es ab.
„Du musst überleben", sagte Riley leise zu dem kaum noch atmenden Tier und strich mit ihrem Daumen sanft zwischen den Augen der Katzen entlang. „Du musst überleben und mit mir nach New York kommen. Ich habe ein tolles Appartement in Manhattan. Das ist so groß, da kannst du den ganzen Tag herumtollen. Und es

hat eine riesengroße Dachterrasse, nur für uns allein. Das heißt, du kannst sogar draußen spielen. Und ich habe eine Mutter, die absolut katzenverrückt ist und dir jeden Wunsch von den Augen ablesen wird. Weißt du, ich bin ganz allein. Ich meine, ich bin hier, weil meine Familie diese Weihnachten eigentlich keine Zeit für mich hatte. Alle feiern irgendwo mit ihren Partnern und meine Eltern sind auf Kreuzfahrt. Kannst du dir das vorstellen? Weihnachten in der Karibik? Mein Exfreund hat mich im September verlassen. Dieser Arsch hatte eine geraume Zeit eine Affäre mit einer Brasilianerin, mit der er letztendlich auch ein Kind bekommen hat. Ich war so blöd und habe die ganze Zeit über nichts bemerkt. Bis diese Frau eines Tages mit seinem Kind vor der Tür stand und mir sagte, ich solle ihn ‚endlich freigeben'. Ich glaube, in meinem ganzen Leben hat mich noch nie jemand so gedemütigt, weißt du? Na ja, und jetzt … bin ich hier. Ganz alleine und obendrein eingeschneit mit einem Typen, der mich hasst. Du darfst mich hier nicht allein zurücklassen, hörst du? Du musst gesund werden und dann fahren wir beide zurück nach Hause, und ich beschere dir das schönste Katzenleben, das du dir vorstellen kannst."

Riley schrak hoch. Sie nahm eine Bewegung im Augenwinkel wahr und sah Liam im Türrahmen stehen. Er trug eine dunkelgraue Jogginghose und ein weißes Unterhemd.

„Wie geht's ihr?"

„Unverändert." Sie fragte sich, ob er gehört hatte, was

sie dem Kätzchen erzählt hatte.
„Es ist fast ein Uhr morgens, wollen Sie nicht ins Bett gehen? Ich könnte die nächste Schicht übernehmen."
„Nein, ich bleibe hier." Sie wollte nicht aussprechen, dass sie das Kätzchen in seinen möglicherweise letzten Stunden nicht alleinlassen wollte. Das kleine Tier schien sich den Umständen entsprechend wohl bei Riley zu fühlen. Es schnurrte hin und wieder leise und schlief tief und fest in ihren Armen. Liam setzte sich neben Riley auf den Boden.
„Ich … habe vorhin gehört, was Sie dem Kätzchen erzählt haben", sagte er langsam. Riley hatte sich schon gedacht, dass Liam gelauscht hatte.
„So?"
„Ich … wollte Ihnen nur sagen, ich … verstehe Sie. Ich meine, wie es Ihnen jetzt geht. Ich bin nämlich in einer ziemlich ähnlichen Situation, wissen Sie? Und das ist auch mit ein Grund, warum ich Ihnen gegenüber so abweisend bin." Riley sah ihn fragend an.
„Ich lebe gerade in Scheidung. Ich habe meine Jugendliebe vom College geheiratet und all die Jahre nicht bemerkt, dass sie mich hinter meinem Rücken mit meinem besten Freund betrügt. Ich habe so ziemlich alles verloren, was mir wichtig ist, und stehe vor den Scherben meines Lebens." Riley sah ihn an.
„Sind Sie deswegen …"
„Hierher geflohen?", vollendete er ihren Satz. „Ja, das bin ich. Ich hatte keine große Lust, mich von meiner Familie bemitleiden zu lassen und mir von meiner

Mutter anzuhören, ich solle Joyce noch eine Chance geben, weil Eheleute das müssten. Meine Familie hat eine sehr eigenwillige Einstellung zur Ehe, wissen Sie? Sie sind da sehr altmodisch und würden als einzigen Grund, eine Ehe zu beenden, das berühmte ‚Bis dass der Tod euch scheidet' gelten lassen. Meine Eltern sitzen mir nun im Nacken, meine Ehe zu retten, meiner Frau zu verzeihen, nicht alles, was wir uns aufgebaut haben, hinzuwerfen, aber das kann ich nicht. Ich kann nicht so tun, als hätte Joyce nichts gemacht, als … habe sie einfach einen unpassenden Scherz gebracht oder mir die falsche Krawatte herausgelegt. Sie hat mich betrogen. Über Jahre hinweg. Sie hat mich hintergangen und mir mitten ins Gesicht gelogen, wenn sie sagte, sie liebt mich. Ich habe mir diese Auszeit hier genommen, um mir darüber klar zu werden, was ich jetzt machen werde. Und ich habe meine Scheidungspapiere oben und muss sie nur noch unterzeichnen, um dieser Farce ein Ende zu setzen. Tut mir leid, dass ich Sie die ganze Zeit so angeschnauzt habe. Aber … auf Frauen bin ich im Augenblick nicht sehr gut zu sprechen. Das hat auch überhaupt nichts mit Ihnen zu tun, ich meine … ich finde Sie heiß." Er lachte kurz. „Und … ich hasse Sie nicht."
„Dass Sie auf Frauen nicht gut zu sprechen sind, kann ich mir vorstellen", sagte Riley. Sie selbst wollte von Kerlen auch nichts mehr wissen, seit die Sache mit Randy und der Brasilianerin an die Oberfläche gekommen war.

„Auf jeden Fall möchte ich, dass Sie wissen, dass es nichts Persönliches war, warum ich Sie so angeschnauzt habe."
„Ist schon in Ordnung, ich verstehe das ja irgendwie. Ich meine, mein Exfreund hatte ein Baby mit einer Frau aus einem anderen Land. Und die ist dann vor unserer Tür gestanden und hat mich aufgefordert, ihn endlich ‚freizugeben'. Das Gefühl, das ich in diesem Moment gehabt habe …" Riley brach ab.
„Woher kommen Sie?", wechselte Liam das Thema.
„New York, Manhattan. Und Sie?"
„Connecticut. Ich lebe und arbeite in Hartford."
„Als Arzt."
„Genau, ich habe mich auf die plastische Chirurgie spezialisiert."
„Klingt spannend."
„Eigentlich ist es manchmal ziemlich nervig. Es dreht sich alles nur um Schönheit, alle streben nach Perfektion, und viele vergessen dabei die Dinge, die wirklich zählen."
„Kann ich mir vorstellen."
„Und womit verdienen Sie Ihre Brötchen?"
„Ich bin Rechtsanwältin."
„Tatsächlich?" Liam sah Riley überrascht an.
„Überrascht Sie das jetzt wirklich so?"
„Ich hätte nicht erwartet, dass Sie eine knallharte Anwältin sind, die böse Jungs aus dem Knast holt."
„Für gewöhnlich hole ich auch keine bösen Jungs aus dem Knast." Riley lächelte. „Die Kanzlei, für die ich

arbeite, hat sich auf Umweltrecht und Tierschutz spezialisiert. Sicher haben wir hin und wieder auch strafrechtliche Fälle zu verhandeln, aber prinzipiell beschäftige ich mich eher damit, den Planeten ein kleines bisschen besser zu machen."

„Das passt zu Ihnen." Liam lächelte, und Riley bemerkte, wie attraktiv er war. Kleine Fältchen bildeten sich um seine Augen, während er schmunzelte. „Was treibt Sie an Weihnachten an diesen abgelegenen Ort? Sie wollten eigentlich woandershin, richtig?"

„Ja. Ich wollte nach Fairview, dort gibt es eine Pension namens ‚Four Reasons'. Die wurde mir von einer Bekannten empfohlen. Meine Familie hatte in diesem Jahr irgendwie keine Kapazitäten, mich aufzunehmen. Meine Eltern machen eine Karibikkreuzfahrt und meine Geschwister sind hier und dort verteilt. Ich hatte keine Lust, mich irgendwem aufzudrängen, und wollte – genau wie Sie – darüber nachdenken, wie es mit mir weitergeht nach dieser Trennung, die mir schon etwas den Boden unter den Füßen weggezogen hat. Ich habe dann den Bahnhof verpasst, an dem ich hätte aussteigen sollen, und so bin ich hier gelandet. Sobald das Wetter besser wird, möchte ich weiterreisen."

Das kleine Kätzchen regte sich etwas im Schlaf. Sein Atem war immer noch ziemlich flach und es wirkte schwach. In Riley stieg Panik auf. Langsam begann sie zu realisieren, dass das Kleine es vermutlich nicht schaffen würde.

„Bitte, lieber Gott, lass das Kätzchen überleben",

schickte sie ein stummes Stoßgebet in den Himmel, „wenn es so etwas wie ein Weihnachtswunder gibt, dann bitte gib diesem Kätzchen noch eine Chance.“ Riley drückte das schwache Tier sanft an sich und küsste es auf die Nase. Sie wollte Liam gerade fragen, ob er schon einmal irgendwelche Prominente operiert hatte, als sie plötzlich, von einer Sekunde zur nächsten, unglaublich müde wurde. Sie kannte das Gefühl, müde zu sein an sich, doch so etwas hatte sie noch nie erlebt. Ein schwerer Schleier legte sich über sie und die Augen fielen ihr zu. Sie versuchte noch, dagegen anzukämpfen, bemerkte, dass Liam neben ihr ebenfalls tief und fest schlief, und sah plötzlich, wie kleine goldene Funken sich vor ihr manifestierten. Im nächsten Augenblick stand der Weihnachtsmann vor ihr und lächelte sie freundlich an. Er legte einen Finger an die Lippen, so, als wolle er sie bitten, still zu sein. Dann beugte er sich über das sterbende Kätzchen.

20. DEZEMBER

NOCH VIER TAGE BIS HEILIGABEND

SIEBEN

Als Riley am nächsten Morgen erwachte, war es schon hell draußen. Ihr Rücken schmerzte, weil sie am Boden sitzend eingeschlafen war, und ihre Knochen hatten sich mit der Zeit versteift. Sie bemerkte, dass sie an jemanden gelehnt dasaß. Liam. Er hatte sich an die Couch gelehnt und Riley zu sich gezogen. Seine Arme hatte er um sie geschlungen. Es waren wenige Sekunden, in denen sie absolut orientierungslos war. Dann fiel ihr das sterbende Kätzchen wieder ein und der Traum, den sie gehabt hatte. Der Weihnachtsmann war plötzlich hier gewesen und hatte sich über das Kätzchen gebeugt, so als wenn er es mit sich nehmen würde. Sie sah auf ihre Arme hinunter, wo sich immer noch das Handtuch befand, in das sie das Tier gewickelt hatte. Jetzt war das Handtuch leer und das Kätzchen weg. Mit einem Satz war sie in der Realität angekommen. Sie öffnete das Handtuch, doch von dem Kätzchen gab es keine Spur. War es möglich, dass der Weihnachtsmann tatsächlich hier gewesen war und das Kätzchen mitgenommen hatte? Oder hatte es sich mit seinen letzten Kräften zum Sterben irgendwohin zurückgezogen? Viele Tiere suchten doch einen einsamen Ort auf, wenn ihre Zeit gekommen war. Vielleicht hatte das Kätzchen sich mit letzter Kraft aus dem Handtuch befreit und sich irgendwo hin geschleppt, wo es seine letzten Atemzüge machen konnte. Riley sprang auf und weckte Liam.

„Die Katze ist weg", rief sie.

„Was?"

„Das Kätzchen, es ist weg." Sie überlegte, ob sie Liam von ihrem Traum erzählen sollte, verzichtete dann aber darauf. Liam stand auf.

„Vielleicht ist es weggelaufen. Es muss hier irgendwo sein", sagte er verschlafen.

„Meinen Sie, es hat sich irgendwohin zum Sterben zurückgezogen?" Tränen standen in Rileys Augen.

„Aber nein, es ist bestimmt hier irgendwo", sagte Liam und nahm sie in seine Arme. Er klang nicht gerade sehr überzeugend, aber von ihm gehalten zu werden, seine starken Brustmuskeln zu spüren und seinen Duft wahrzunehmen, hatte etwas unglaublich Tröstliches.

Sie suchten das Wohnzimmer und den Flur ab, schauten

unter dem Sofa nach und verrückten Kommoden, doch das Kätzchen war verschwunden. Auch im Obergeschoss versteckte es sich nicht, was Riley auch nicht erwartet hatte. Das Kleine war am Vorabend so schwach gewesen, dass es den Weg nach oben unmöglich hätte bewältigen können.

„Es kann sich doch nicht einfach in Luft aufgelöst haben“, sagte Riley. Sie hatte noch einmal im Badezimmer nachgesehen und kam den Flur entlang. Liam stand im Eingang zur Küche an den Türrahmen gelehnt und schmunzelte. Er blickte auf die Kücheninsel, wo vom Vorabend noch Sahne, Schinken, Käse und Hackfleisch standen. Riley hatte keine Zeit mehr gefunden, die Lebensmittel wegzuräumen, und wollte sich lieber um das kranke Kätzchen kümmern. Aufräumen, so hatte sie sich gesagt, konnte sie auch später noch. Sie warf ebenfalls einen Blick in die Küche. Mitten unter all den Leckereien saß jetzt das Kätzchen wie im Schlaraffenland und fraß sich satt. Riley ging einen Schritt auf das Kätzchen zu, blieb dann aber stehen. Sie wollte das kleine Tier nicht beim Fressen stören, jetzt, wo es das Futter so nötig hatte. Im nächsten Moment spürte sie Liam dicht hinter sich stehen.

„Gut gemacht, Riley“, sagte er leise, während er eine Hand wie selbstverständlich auf ihre Hüfte legte.

„Die Kleine ist wie ausgewechselt“, sagte Riley einige

Zeit später. Das Kätzchen war wie neu geboren. Nachdem es eine riesige Portion Hackfleisch verdrückt hatte und anschließend einem Faden hinterhergejagt war, den Riley durch das Haus zog, hatte es sich in ihrem Arm zusammengerollt und war wieder eingeschlafen.

„Ich muss ganz ehrlich sagen, ich hätte nicht damit gerechnet, dass sie sich wieder fängt, so wie es gestern ausgesehen hat", sagte Liam. „Sieht ganz nach einem Weihnachtswunder aus."

Riley sah ihn an. Sie erinnerte sich wieder an den merkwürdigen Traum, den sie gehabt hatte, oder diese Vision, kurz bevor sie eingeschlafen war. Der Weihnachtsmann, der in goldenem Lichterschein vor ihr erschienen war und sich freundlich lächelnd über das Kätzchen gebeugt hatte, so als würde er es … heilen. Gleich nachdem Riley gebeten hatte, ein Wunder möge geschehen, das dem kleinen Tier das Leben rettete.

„Dann haben wir auch schon einen Namen für die Kleine – was halten Sie von ‚Miracle'?"

„Klingt großartig. Haben Sie Lust auf Frühstück? Ich glaube, wir beiden haben uns jetzt ebenso ein üppiges Mahl verdient wie Miracle." Er zwinkerte ihr zu.

„Frühstück wäre jetzt genau das Richtige." Riley stand auf, legte Miracle aufs Sofa, wo die kleine wölkchenweiße Katze sich zuerst ausstreckte und sich dann zusammenrollte, um tief und fest weiterzuschlafen. Riley lief in den ersten Stock, duschte und zog sich frische Klamotten an. Sie konnte gar nicht glauben, was in den letzten vierundzwanzig Stunden passiert war. Sie hatte die kleine Miracle gerettet und Liam war von einem Ekelpaket zu einem wirklich netten Kerl mutiert. Riley bemerkte, wie Weihnachtsstimmung sich langsam in ihr ausbreitete. Sie bekam plötzlich Lust darauf, das Haus zu dekorieren und einen Baum zu schmücken, Weihnachtslieder zu hören und Kekse zu backen. Und das, obwohl sie sich für dieses Jahr fest vorgenommen hatte, Weihnachten ausfallen zu lassen. Voller Elan lief sie aus ihrem Zimmer und prallte im nächsten Augenblick gegen Liam, der soeben den Flur entlanglief. Sie stolperte, fiel nach vorn und landete direkt in seinen Armen.

„Aber hallo“, sagte Liam und half Riley auf die Beine. Sie loszulassen, obwohl sie wieder festen Boden unter den Füßen hatte, kam ihm nicht in den Sinn. Stattdessen spürte sie, wie seine Arme sich hinter ihrem Rücken verschränkten und er sie näher zu sich heranzog. Die stahlblauen Augen, die sie immer aus der Ferne bewundert hatten, fixierten sie. Sie spürte etwas Hartes an ihrer Hüfte und wagte gar nicht daran zu denken, dass sie eine Erektion bei Liam auslöste. Ihr gesamter Körper begann zu kribbeln. Sie konnte sich nicht erinnern, wann zuletzt ein Mann derartige Gefühlsregungen in ihr ausgelöst hatte. Sie war kurz versucht, sich ihm zu entziehen, doch dann wurde ihr bewusst, dass sie das gar nicht wollte. Sie wollte sich auf Liam einlassen. Sie wollte Sex mit ihm. All ihre Bedenken und Grundsätze über Bord werfen und einfach mit ihm schlafen, egal, was passierte. Sie erwiderte seinen Blick und verschränkte dann ihre Arme in seinem Nacken. Liam atmete schwer, seine Hände nestelten an ihrem Hosenbund und sie drückte sich fester gegen ihn. Seine Lippen kamen näher und näher, und sie konnte den herben Geschmack bereits wahrnehmen, den er verströmte. Sie wünschte sich nichts sehnlicher, als ihn in ihr Schlafzimmer zu ziehen und alles zu tun, was Gott verboten hatte. Plötzlich klopfte es an der Tür. Fragend sah Liam sie an.

„Erwartest du Besuch?“ Er hielt sie immer noch fest, sah ihr immer noch in die Augen. Presste seine Erektion immer noch an sie.

„Absolut nicht“, krächzte sie und war völlig von Sinnen. Dieser Traumtyp war gerade dabei, ihr näher als nur nah zu kommen.

„Dann wollen wir mal sehen, dass wir diesen Störenfried so schnell wie möglich abwimmeln.“ Liam ließ sie los und gemeinsam gingen sie nach unten.

„Na, wie geht's?“ John stand vor der Tür, in den Armen hatte er einen großen Karton. Außerdem hatte er einen mannshohen Tannenbaum neben der Tür abgestellt.

„John, was für eine Überraschung.“ Riley lächelte. Sie freute sich, den alten Mann wiederzusehen, und stellte neuerlich diese frappierende Ähnlichkeit zum Weihnachtsmann fest.

„Hat das Wetter sich allmählich beruhigt?“, fragte Liam.
„Wir sind immer noch von der Außenwelt abgeschnitten“, sagte John, während er das Haus betrat. „Aber es sieht so aus, als würde es sich in den nächsten Tagen bessern. Ein kleines bisschen musst du also noch hierbleiben, Riley.“ Er zwinkerte ihr zu, fast so, als hätte er gewusst, dass er die beiden bei einer äußerst pikanten Situation überrascht hatte. „Aber dafür habe ich euch ein paar Kleinigkeiten mitgebracht.“ Er stellte den Karton im Flur ab und holte dann den Baum herein. „Ich dachte, etwas Weihnachtsstimmung könnte nicht schaden, nicht wahr, Riley?“ Wieder zwinkerte er ihr zu und Riley sah ihn sich genau an. Freundliches Gesicht, weißer Rauschebart. Dicker Bauch. Okay, er trug Jeans, Stiefel und eine dicke Jacke von Tommy Hilfiger, aber dennoch erinnerte er sie so derart an den Weihnachtsmann, dass es ihr fast schon unheimlich vorkam.
„In der Kiste ist etwas Dekokram für Weihnachten. Oben auf dem Speicher findet ihr außerdem Lichterketten und Christbaumschmuck. Ach ja, und für unseren neuen kleinen Gast habe ich auch etwas mitgebracht.“ Er zog eine braune Tüte aus dem Karton. „Hier haben wir etwas Futter für die kleine Miracle.“ Er drückte Riley die Tüte in die Hand, als das Kätzchen auch schon aus dem Wohnzimmer stolziert kam. Sie miaute kurz, lief auf John zu und schmiegte sich an seine Beine. Der alte Mann hob die Katze hoch und

streichelte sie. Riley sah der Situation ungläubig zu. Wie konnte John von Miracle wissen? Der alte Mann lächelte die Katze freundlich an, die sich an ihn schmiegte. Und dann fiel es Riley wie Schuppen von den Augen. John war dieser Weihnachtsmann gewesen, der Miracle am Abend zuvor gerettet hatte. Es musste einfach so sein. Woher sollte er sonst wissen, dass Riley die kleine Katze bei sich hatte? Sie hatte schon ganz zu Anfang bemerkt, dass John eine unglaubliche Ähnlichkeit mit dem Weihnachtsmann hatte. Das weiße Haar, der Rauschebart, die freundlichen Augen und die tosende Stimme.

„Wow, danke“, sagte Liam und nahm die gigantische Tanne in Empfang. „Die Kleine hat unglaublichen Hunger, Katzenfutter ist genau das, was wir jetzt brauchen können.“ Er schien überhaupt nicht darüber nachzudenken, dass John weder von der Katze noch von ihrem Namen wissen konnte.

„Ich muss auch schon wieder weiter, rund um Weihnachten hab ich immer eine Menge zu tun“, sagte John, gab Miracle an Riley weiter, winkte den beiden zu und schloss die Tür von außen. Liam lehnte den Baum gegen die Wand, drehte sich zu Riley um und zog sie in seine Arme.

„Wo waren wir gerade?“, fragte er.

„Findest du das nicht auch seltsam?“ Riley sah ihn an.

„Was?“

„John hatte Katzenfutter für Miracle dabei.“

„Das ist doch nett von ihm.“ Er strich über Rileys

Wirbelsäule und hatte, so wie es aussah, kaum noch Blut im Kopf, das es ihm ermöglichte, klar zu denken.
„Ich meine, wie konnte er wissen, dass wir Miracle hierhaben? Oder hast du ihn angerufen, als ich geschlafen habe? Funktioniert das Telefon wieder?“
„Nein und nein. Und stimmt, das ist ja merkwürdig. Und ist dir aufgefallen, dass er sogar wusste, wie sie heißt? Und das, obwohl wir ihr diesen Namen erst vor einer Stunde gegeben haben.“ Riley überlegte, ob sie Liam von der Begebenheit mit dem Weihnachtsmann erzählen sollte, entschied sich dann aber dagegen. Sie waren sich gerade erst nähergekommen, würde sie jetzt davon anfangen, dass John als Weihnachtsmann mit Heilkräften nachts die kleine Miracle wieder gesund gemacht hatte, würde vermutlich etwas zu weit gehen.
„Was meinst du, sollen wir das Haus schmücken und den Baum aufputzen?“ Riley setzte Miracle auf den Boden, die sich sofort auf die Tanne stürzte, mit den unteren Zweigen spielte und versuchte, den Stamm hinaufzuklettern. Nichts an ihr erinnerte noch an das kranke Kätzchen, das sie vor wenigen Stunden gewesen war. Liam antwortete nicht. Er sah Riley an, hielt ihren Blick fest, trat einen Schritt auf sie zu und zog sie in seine Arme. Sein Kuss war rau diesmal, seine Lippen fordernd und seine Zunge lustvoll, als sie in Rileys Mund eindrang. Heiße und kalte Schauer liefen Riley über den Körper, als Liam sie berührte, sich an sie presste und sie wieder die gigantische Erektion spürte, die sich in seiner Hose befand. Liams Hände waren

unter Rileys Shirt geglitten und hatten sich ihren Weg hinauf zu ihren Brüsten gesucht. Er drückte sie, während er sich an Rileys Hals festsaugte. Sie verschloss ihre Hände in Liams Nacken und drückte sich gegen seine Erektion. Es schien ihn noch heißer zu machen, denn sein Atem wurde schwerer. Schließlich hob er sie an ihren Oberschenkeln hoch, die sie über seinem Po überkreuzte. Unter leidenschaftlichen Küssen trug er sie die Treppe in sein Schlafzimmer hinauf. Liam setzte Riley auf seinem Bett ab. Sie zog seine Hose hinunter und war zunächst überwältigt von der Größe seines Penis, der sich ihr entgegenstreckte. Auffordernd sah Liam sie an, bevor sie damit begann, ihn mit dem Mund zu verwöhnen. Sie spürte, wie Liam sich zurückhalten musste, um die Stöße, die er in ihren Mund abgab, zu kontrollieren, während sie seine Eichel mit ihrer Zunge liebkoste und sie dann den Schaft hinabgleiten ließ. Liam stand da, den Kopf in den Nacken gelegt, und genoss die Behandlung. Schließlich drückte er Riley zurück aufs Bett und zog sie langsam aus. Er ließ seine Zunge über ihren Körper gleiten, und überall dort, wo sie ihre Haut berührte, bildete sich eine Gänsehaut. Ihre Brustwarzen waren steif und fest, und als Liam über sie kam, begann er, sanft an ihnen zu saugen. Riley spürte seinen harten Ständer an ihrer Hüfte und wünschte sich nichts sehnlicher, als endlich von ihm genommen zu werden. Endlich erlöste Liam sie und teilte ihre Schenkel. Ihr blieb fast die Luft weg, als er in sie eindrang und sie zur Gänze ausfüllte. Es war ein bittersüßer Schmerz, und sie bog sich ihm entgegen, während er begann, sie rhythmisch zu stoßen, erst ganz langsam, dann immer fester und härter. Er sah in ihre Augen, während er sie härter nahm und die Lust sich auf ihre Gesichtszüge legte. Riley krallte sich in Liams Rücken, als er sie mit einem letzten, harten Stoß endlich erlöste und sie beide zum Orgasmus kamen.

Riley fühlte sich wie auf Wolke sieben, als sie einige Zeit später frisch geduscht Hand in Hand mit Liam die Treppen hinabstieg. Miracle hatte es sich wieder auf dem Sofa gemütlich gemacht, nachdem sie eine goldene Girlande aus dem Karton gezogen und sie quer durchs Wohnzimmer geschleift hatte.
„Was hältst du von einem verspäteten Frühstück?“, fragte Liam und öffnete den Kühlschrank.
„Klingt gut“, antwortete Riley und holte ein Netz mit Orangen aus der Speisekammer, die sie in Hälften schnitt und dann zu frischem Orangensaft auspresste. Liam trat von hinten an sie, legte seine Hände auf ihren Bauch und küsste ihren Hals.

ACHT

„John meinte, hier oben wäre noch Christbaumschmuck“, sagte Riley, als sie und Liam den Dachboden betraten. Hier oben fanden sich einige Kisten und einige alte Möbel, aber nichts, was auf den ersten Blick nach Baumschmuck aussah.
„Dann wird uns wohl nichts anderes übrig bleiben, als die Kisten durchzusehen“, sagte Liam. Er stand hinter Riley und hatte seine Hände mit den ihren verschränkt. Es war unglaublich, wie nah sich die beiden in den letzten Stunden gekommen waren, und es schien fast so, als kannten sie sich schon ewig. Diese Verbundenheit, die Riley eigentlich von Anfang an

gespürt hatte, selbst als Liam noch abweisend zu ihr gewesen war, war unbeschreiblich. „Es sei denn, wir lassen den Baum Baum sein und gehen runter ins Schlafzimmer.“ Riley drehte sich um.
„Nichts da. Zuerst wird der Baum geschmückt.“ Sie sah ihn an und küsste ihn. Es war schon verrückt, was in den letzten Tagen passiert war. Wäre sie nicht so sehr Realistin, hätte sie die Begebenheiten der vergangenen achtundvierzig Stunden als Weihnachtswunder bezeichnet. Erst dieser merkwürdige Weihnachtsmann, der ihr im Zug zugewunken hatte, dann diese Müdigkeit, die sie überkommen hatte und sie ihre Ausstiegsstelle verpassen hatte lassen. Dann diese Hütte hier, in der Liam bereits eingemietet war. Ein Mann, der ebenso schlechte Erfahrungen mit der Liebe gemacht hatte wie sie. Die Sache mit Miracle und dem Weihnachtsmann, der ihr geholfen hatte … Sie schüttelte den Kopf.
„Woran denkst du?“ Liam sah sie an, legte seine Stirn an ihre und ein Kribbeln breitete sich in ihr aus. Er war nicht nur nett und eine Kanone im Bett, sondern auch noch so unglaublich attraktiv. Sie hätte ihn am liebsten die ganze Zeit über nur bewundert. Und das Beste war: Er lebte ganz in ihrer Nähe. Connecticut und Manhattan waren gerade mal zwei Stunden voneinander entfernt, eine Distanz, die eine Beziehung gut und gerne überwinden konnte. Außerdem hatte Liam ihr erzählt, dass er zwei Tage die Woche in Manhattan war, um dort in Schönheitskliniken zu operieren. Es schien also

so, als wäre das Schicksal dieses Mal absolut auf Rileys Seite.
„Ach, ich dachte bloß … wie verrückt das Leben doch manchmal ist. Ich meine, ich hätte wirklich mit vielem gerechnet, aber … dass ich hier ende, mit dir …"
Liam zog sie an sich. „Bereust du es?"
„Natürlich nicht."
„Wunderbar. Ich nämlich auch nicht. Und ich finde, nach allem, was wir beide in der letzten Zeit durchmachen mussten, haben wir uns das alles hier auch verdammt noch mal verdient. Und jetzt lass uns die Kisten durchforsten, da unten wartet ein Baum auf uns, der geschmückt werden will."

Riley fühlte sich nicht so ganz wohl dabei, im Hab und Gut von Fremden herumzuwühlen, noch dazu, wenn es sich dabei um so nette Menschen wie John handelte. Doch nachdem er sie ausdrücklich dazu aufgefordert hatte, sahen sie und Liam sich auf dem Speicher der Hütte um. Neben alten Möbeln und Kisten mit Magazinen aus längst vergangenen Tagen schien es nicht so, als würde sich hier oben irgendwo Weihnachtsschmuck befinden.
„Vielleicht hat John sich geirrt. Er ist nicht mehr der Jüngste. Und wieso sollten sie Weihnachtsdeko in einem Haus aufbewahren, in dem sie selber gar nicht leben und das über den Winter ohnehin für gewöhnlich nicht vermietet ist?", meinte Liam. Riley gab ihm recht und war ein bisschen enttäuscht. Zur Not würden sie

selbst Weihnachtsschmuck basteln müssen. Vielleicht aus Strohhalmen und Alufolie. Dummerweise war sie nicht gerade begabt, was bastlerische Kreativität anging.
„Ich möchte nur noch diese eine Kiste dort hinten durchsehen", sagte sie und deutete auf eine grüne Militärkiste, die bereits einiges an Rost angesetzt hatte. Sie ging auf die Kiste zu und davor auf die Knie. Das Schloss fehlte, sodass sie die beiden Bügel links und rechts nur herunterklappen musste, um sie zu öffnen. Staub wirbelte auf, als sie den Deckel aufmachte. Etwas Großes, Dunkelrotes, Samtenes lag ordentlich zusammengefaltet obenauf und verströmte Weihnachtsstimmung. Langsam fuhr Riley mit ihren Fingern über den weichen Stoff. Ein Kribbeln breitete sich in ihr aus, so, als wäre dieses Stück Stoff etwas ganz Besonderes.
„Was ist das denn?", fragte Liam, der hinter ihr aufgetaucht war. Riley hatte das Stück Stoff mittlerweile vorsichtig aus der Kiste genommen und entfaltete es. Die Luft blieb ihr kurz weg, als sie erkannte, was sie da in der Hand hielt.
„Das ist die Jacke eines Weihnachtsmann-Kostüms", sagte sie aufgeregt. Sie spürte, wie eine Gänsehaut ihre Arme und ihren Rücken hinaufkroch. Ein Kostüm wie dieses hatte sie bislang noch nie gesehen. Sie kannte diese Billigversionen, die man für ein paar Dollar im Onlineversand bestellen konnte, aus günstigem Filz und mit plump gestalteten Absetzungen, möglicherweise

noch mit einem Plastikgürtel. Und sie kannte auch die etwas hochwertigeren Modelle, die die Weihnachtsmänner trugen, die sich in Einkaufszentren mit Kindern fotografieren ließen oder die an Straßenecken um Spenden baten, diese Kostüme, die schon ziemlich realistisch aussahen. Doch in ihrem ganzen Leben hatte sie noch nie ein Weihnachtsmannkostüm gesehen, das so magisch wirkte wie das, das sie jetzt in ihren Händen hielt. Es sah steinalt aus, aber dennoch frisch und ordentlich, so als wäre es gerade aus der Verpackung gekommen. Der Stoff war weich und kräftig und die weißen Absetzer an den Ärmeln und am Bund flauschig. An der Vorderseite hatte die Jacke reichlich verzierte, große, goldene Knöpfe, die funkelten und gleichzeitig steinalt aussahen. Älter als alles, was Riley bisher gesehen hatte. Vorsichtig legte sie die Jacke ab und entdeckte als Nächstes die dazu passende Hose, die aus demselben magisch anmutenden Stoff gefertigt war. Außerdem fand sie noch einen breiten Gürtel in der Kiste, der mit einer goldenen Schnalle verziert war, und schwere, schwarze Stiefel, die so alt wie die Welt wirkten und dennoch sauber und frisch aussahen, so als hätte ein Schuster sie gerade eben fertiggestellt.
„John ist also hin und wieder als Weihnachtsmann unterwegs“, sagte Liam. „Ist dir aufgefallen, dass er aussieht wie der Prototyp eines Weihnachtsmannes?“
Riley überlegte, ob sie Liam von den Vorkommnissen mit Miracle erzählen sollte, entschied sich dann aber

dagegen.
„Sind das Fotos?“, fragte er im nächsten Moment. Riley entdeckte am Boden der Kiste einige Bilder und nahm sie.
„Sieht ganz so aus“, sagte sie und gemeinsam betrachteten sie die Fotografien. Riley blieb die Luft weg. Die Fotos stammten aus einer Zeitspanne von knapp 150 Jahren. Das älteste Bild, das sie entdeckte, war mit der Jahreszahl 1866 versehen, einer Zeit also, in der die Fotografie noch in ihren Kinderschuhen steckte. Ein kleiner Junge in Kniestrümpfen, einer Knickerbockerhose und einer Bluse war darauf zu sehen. Auf dem Kopf trug er eine Art Matrosenmütze. Er stand neben einem spärlich geschmückten Weihnachtsbaum und hielt selig einen einfachen Teddybären im Arm. Neben ihm stand der Weihnachtsmann, der John zum Verwechseln ähnlich sah. Auf einem weiteren Bild, datiert mit 25.12.1934, sah man zwei Kinder, ein Mädchen und einen Jungen, fast ehrfürchtig vor dem Weihnachtsmann stehen, der vor den beiden kniete und dem Mädchen gerade ein Päckchen überreichte. Dabei hatte er dasselbe freundliche Lächeln aufgesetzt, das Riley von John kannte. Auf dem nächsten Bild stand der Weihnachtsmann neben einem Mädchen, das überglücklich eine Katze auf dem Arm hielt. Das Bild stammte aus dem Jahr 1961 und wieder sah der Weihnachtsmann John zum Verwechseln ähnlich.
„Das ist … unglaublich“, sagte Riley und reichte die

Bilder, das letzte stammte aus dem Jahr 2016, an Liam weiter.
„Das kann doch unmöglich echt sein“, sagte der, als er sich die Fotos durchgesehen hatte. „Ich meine, dieser Weihnachtsmann müsste über zweihundert Jahre alt sein, wäre er das wirklich auf den Bildern.“
„Der echte Weihnachtsmann ist auch über zweihundert Jahre alt“, sagte Riley bestimmt. Liam küsste sie auf die Schläfe.
„Da hast du allerdings recht“, sagte er und klang dabei so, als würde er Rileys Aussage nicht wirklich ernst nehmen.
„Denkst du … Ist das alles John?“, fragte sie schließlich. Bestimmt würde Liam sie für verrückt halten, aber sie musste ihn einfach darauf hinweisen, dass ihr Vermieter höchstwahrscheinlich der Weihnachtsmann war. Der echte. Liam sah sich die Bilder noch einmal an.
„Dieser Mann auf den Fotos hier“, er wedelte mit dem Paket aus Bildern, „sieht John tatsächlich zum Verwechseln ähnlich, das gebe ich zu“, sagte er. „Und man könnte meinen, dass es sich um ein und dieselbe Person handelt. Aber in der Genetik ist es oftmals möglich, dass Menschen, die miteinander verwandt sind, sich sehr ähnlich sehen. Es ist gut möglich, dass dieses Kostüm hier eine Art Erbstück ist, das von Generation zu Generation weitergegeben wurde. Zweifellos ist es sehr alt und bestimmt auch sehr wertvoll.“ Riley dachte daran, dass es merkwürdig war,

dieses Kostüm hier aufzubewahren, wenn es ein wertvolles Familienerbstück war. Niemand würde etwas, an dem ihm viel lag, auf irgendeinem Speicher vergammeln lassen, oder? Sie sagte jedoch nichts und hörte Liam weiter zu. „Bestimmt hat Johns Ururgroßvater es sich einmal anfertigen lassen und es dann seinen Kindern vererbt, die es wiederum ihren Kindern vererbt haben, bis es schließlich bei John gelandet ist. Noch dazu kann man das Gesicht der Männer auf den Bildern gar nicht richtig erkennen, sie alle tragen einen Bart, eine Mütze und eine Brille. Und nicht vergessen sollte man auch: Weihnachtsmänner wollen einander ja ähnlich sehen. Sie alle wollen alte, freundliche Männer mit Rauschebart und dickem Bauch sein. Ich glaube also nicht, dass John derjenige ist, der auf all diesen Bildern zu sehen ist. Viel eher sind es vermutlich seine Vorfahren. Aber ich gebe dir recht, es ist schon etwas seltsam, dass sie sich alle so ähnlich sehen."

Riley dachte darüber nach.

„Bestimmt hast du recht", sagte sie und redete sich selbst ein, dass Liams Variante viel wahrscheinlicher war als jene, dass sie tatsächlich im Blockhaus des Weihnachtsmanns untergebracht worden waren, der hier seine „Arbeitskleidung" auf dem Speicher aufbewahrte. Und selbst wenn er der Weihnachtsmann war, würde er sie doch unter keinen Umständen hier heraufschicken, um in den Kisten zu stöbern. Was es nur mit der Heilung von Miracle auf sich hatte und damit, dass John überhaupt von der Katze gewusst hatte, konnte sie sich nicht erklären. Andererseits … vielleicht war Miracle doch nicht so schwer krank gewesen, wie sie zunächst angenommen hatten. Katzen waren von Haus aus zähe Tiere, die einiges wegstecken konnten. Vielleicht hatte Miracle nur etwas Ruhe gebraucht, Zeit, um sich zu erholen, zu schlafen und aufzuwärmen. Vielleicht war John schon heute Morgen hier, als sie und Liam noch – eng aneinandergekuschelt im Wohnzimmer – geschlafen hatten. Vielleicht hatte er die Katze durchs Fenster gesehen und beschlossen, etwas Futter für sie mitzubringen. Ja, so musste es gewesen sein. Bestimmt war er schon in aller Frühe einmal am Blockhaus gewesen und hatte die Katze entdeckt. Und – hatte er sie wirklich beim Namen genannt? Hatte er wirklich „Miracle“ gesagt oder hatte sie sich das nur eingebildet? Sie waren gerade bei einer ziemlich pikanten Situation gestört worden und Riley hatte in dem Moment noch ganz andere Dinge im Kopf gehabt. Mit Sicherheit hatte John die kleine Katze nicht beim Namen genannt. Sie spürte, wie sie sich langsam entspannte und ruhiger wurde. Die Hütte hier draußen im Wald war zwar bezaubernd und John wirklich nett, aber der Weihnachtsmann war er auf gar keinen Fall.

„Hast du die Kiste dort hinten schon durchgesehen?“, fragte Liam und deutete auf eine weitere Kiste die unter einem Tuch verborgen und die Riley noch gar nicht aufgefallen war. Er ging darauf zu, zog das Tuch herunter und grinste breit.

„Weihnachtsdeko“, sagte er lächelnd.

Einige Stunden später war das Haus kaum wiederzuerkennen. Riley und Liam hatten ganze Arbeit geleistet, als sie es dekoriert hatten. Sie hatten außen Lichterketten angebracht, während Miracle im Schnee spielte, den Baum im Wohnzimmer aufgestellt und geschmückt und kleine Dekogegenstände auf den Kommoden und am Kaminsims abgestellt. Riley hatte Kerzen angezündet, die weihnachtlichen Duft verströmten, und als es Abend wurde und der Magen der beiden zu knurren begann, standen sie in der Küche und kochten gemeinsam. Man hätte sie für ein verliebtes Pärchen halten können, das schon seit Jahren zusammen war, wenn man ihnen so zusah.
„Das Wetter hat sich bereits deutlich gebessert“, sagte Liam, und Riley wusste vom ersten Augenblick an, worauf er hinauswollte. Draußen hatte es zu schneien aufgehört und der Sturm hatte sich gelegt. Bestimmt waren auch die Straßen wieder frei, denn sonst hätte John sie nicht besuchen können – immerhin war er ja nicht der Weihnachtsmann, der mit einem Rentierschlitten vorbeikam.
„Stimmt“, sagte Riley einsilbig, während sie Tomaten für die Sauce Bolognese kleinschnitt, die sie zubereiteten. Sie wagte es nicht, genau das auszusprechen, was zweifellos im Raum hing.
„Wirst du gehen?“, fragte Liam geradeheraus und sah

sie mit seinen stahlblauen Augen an. Riley schluckte. Sie hatte sich schon am Nachmittag gefragt, was sie tun würde, wenn die Züge nach Fairview fuhren und sie ihren eigentlich geplanten Urlaub im Four Reasons antreten würde können. Ja, sie hätte sehr gerne mit den Damen im Four Reasons gefeiert, aber noch lieber hätte sie Weihnachten hier gemeinsam mit Liam verbracht. Herausgefunden, ob sie wirklich so gut harmonierten, wie es im Augenblick den Anschein hatte. Ob sie eine Zukunft hatten, nachdem sie Beaver Creek verließen. Sie wusste nicht, ob Liam wollte, dass sie blieb oder ging. Ja, sie waren sich sehr nahegekommen, aber immerhin war Liam noch verheiratet, und das war etwas, was ihr doch ziemlich zusetzte. Die Tatsache, dass sie mit einem noch verheirateten Mann geschlafen hatte, machte ihr schwer zu schaffen. Was, wenn er sich am Ende doch dafür entschied, bei seiner Frau zu bleiben, auch wenn sie ihn betrogen und hintergangen hatte. Hatte er nicht gesagt, dass seine Familie großen Wert auf Etikette und Anstand legte? Dass eine Scheidung für sie gar nicht infrage kam? Was, wenn er sie nur als nette Abwechslung sah und nach den Feiertagen als liebender Ehemann zu seiner Frau zurückkehrte, um ihr eine zweite Chance zu geben und seine Eltern zufriedenzustellen? Nein. Das konnte sie sich nicht vorstellen, nicht nach allem, was Liam in den letzten Stunden gesagt, wie er sich ihr gegenüber verhalten hatte. Seine Frau hatte ihn über längere Zeit und mit mehreren Männern betrogen, und Riley selbst

wusste, wie schmerzhaft es war, diese Erfahrung machen zu müssen. Sie selbst würde Randy nicht einmal mehr mit der Kneifzange anfassen, nicht, wenn er der letzte Mann auf der Welt wäre. Und auch Liam würde nicht zu seiner Frau zurückgehen und sich noch mal Hörner aufsetzen lassen. Sie legte das Messer beiseite und drehte sich zu Liam um, der sie ansah.
„Also eigentlich …“, begann sie, „möchte ich bleiben. Aber wenn du den Rest deiner Ferien hier allein sein möchtest, so wie es ursprünglich geplant war, dann ist das völlig in Ordnung für mich“, setzte sie schnell nach. „Dann werden Miracle und ich nach Fairview fahren und dort Weihnachten verbringen.“ Sie versuchte ein Lächeln, das zufrieden und offen wirken sollte, konnte sich aber vorstellen, dass es eher verkniffen aussah. Sie sah Liam in die Augen, konnte seine Miene aber nicht deuten. Es war gut möglich, dass er im Augenblick darüber nachdachte, wie er ihr möglichst schonend beibrachte, dass er die letzten Tage seiner Ferien doch lieber allein verbringen wollte. Oder dass er sich dazu entschieden hatte, wieder zu seiner Frau zurückzugehen, weil ihm – durch die Nähe zu Riley – klar geworden war, dass nur seine Joyce die Richtige für ihn war. Ein mulmiges Gefühl breitete sich in ihr aus, weil Liam sie schon eine ganze Weile über nur anstarrte und kein Wort von sich gab.
„Und, was meinst du?“, fragte sie.
„Du siehst unglaublich süß aus, wenn du verunsichert bist“, sagte Liam. Dann kam er auf sie zu und zog sie in

seine Arme. „Dir ist doch hoffentlich klar, dass ich meinen rechten Arm dafür geben würde, dass du bleibst, oder?“ Liam verschloss Rileys Lippen mit einem Kuss, der ein unglaublich warmes Gefühl in ihrer Magengegend auslöste, das sich hinunter bewegte und ihren Unterleib für sich einnahm. Plötzlich war die Bolognesesoße überhaupt nicht mehr wichtig.

21. DEZEMBER

NOCH DREI TAGE BIS HEILIGABEND

NEUN

Am nächsten Morgen wurden Riley und Liam vom Telefon geweckt, das unten schrillte. Riley konnte gar nicht glauben, dass sie nackt in den Armen dieses Halbgottes lag. Sie erhob sich, spürte aber, wie Liam den Druck um sie verstärkte.

„Nein, bitte nicht“, jammerte er wie ein Kind, das nicht zur Schule wollte, „nur noch fünf Minuten.“ Riley sah ihn an und stellte fest, dass sie sich an Liams stahlblauen Augen einfach nicht sattsehen konnte.

„Guten Morgen“, sagte sie, während sie versuchte, die Anziehungskraft, die dieser Mann auf sie ausübte, in Worte zu fassen.

„Guten Morgen“, erwiderte er. Sanft drückte er Riley zurück in die Kissen und kam über sie. Er begann, sie sanft, leidenschaftlich und ausdauernd zu küssen, so wie sie seit Jahren nicht mehr geküsst worden war. Liams weiche Lippen, gepaart mit dem Bartschatten um sein Gesicht, machten sie rasend. Er teilte ihre Schenkel und drang dieses Mal hart und fest in sie ein. Sie zog die Luft ein, als sein praller Penis in ihr einen bittersüßen Schmerz verursachte. Er sah in ihre Augen, während er begann, sie erst langsam, dann immer härter zu stoßen, während sie seine Bewegungen mit ihrem Becken quittierte. Liams Bewegungen wurden schneller, härter, rauer, ein kehliger Laut drang über seine Lippen, und Riley spürte den Moment, in dem er sich in ihr entlud, während sie selbst einen Orgasmus erlebte, wie sie ihn vor Liam nicht gekannt hatte. Liam begann, ihre Lippen zu küssen, während er immer noch in ihr war.

„Versprich mir, dass das zwischen uns nicht nach den Feiertagen endet“, sagte er, während er ihren Hals mit Küssen liebkoste. Ein unendliches Kribbeln, ein Glücksgefühl, wie sie es bislang nicht gekannt hatte, machte sich in Riley breit. Anstelle einer Antwort zog sie ihn zu sich hoch und verschloss seine Lippen mit einem Kuss.

Eine Stunde später – sie hatten es immer noch nicht geschafft, aufzustehen, Liam hatte Riley dafür zwei weitere sensationelle Orgasmen beschert – begann das

Telefon neuerlich zu klingeln. Riley kletterte aus dem Bett und schlüpfte in das karierte Flanellnachthemd mit der Knopfleiste, das sie nicht sehr lange getragen hatte, nachdem sie zu Liam ins Bett gestiegen war. Sie lief die Treppen hinunter und wurde von Miracle begrüßt, die laut schnurrend um ihre Beine strich. Riley nahm das Kätzchen hoch und küsste es auf den Kopf.
„Na, kleine Prinzessin, hast du auch gut geschlafen?“, fragte sie, während sie den Hörer abnahm. „Warte, gleich gibt’s ein ausgiebiges Frühstück für dich.“ Ihr Blick fiel auf den Weihnachtsbaum und den winterlich dekorierten Raum und ein warmes Gefühl breitete sich in ihr aus. Sie liebte es, hier zu sein.
„Hallo?“
„Riley, hier ist John, wie geht es euch da draußen?“ Für einen Augenblick dachte Riley an die Fotos, die sie am Vortag gefunden hatten, und eine Gänsehaut kroch ihre Arme hinauf. „Der Weihnachtsmann“, dachte sie bei sich.
„Hallo, John, uns geht’s prima, alles bestens“, sagte sie. „Wir haben den Baum geschmückt und das Haus weihnachtlich dekoriert. So langsam kommt ganz schöne Weihnachtsstimmung auf.“
„Das ist schön zu hören. Ich rufe an, weil die Wetterlage sich wieder entspannt hat. Die Bahnstrecke von hier nach Lexington ist frei und die Züge fahren wieder. Ich könnte dich also heute Mittag abholen, wenn du möchtest, damit du deinen Urlaub in Fairview doch noch antreten kannst.“

Riley lächelte. „Danke für das Angebot, aber wenn es dir nichts ausmacht, würde ich meine restlichen Ferien gerne hier verbringen."
„Das ist eine sehr gute Entscheidung, Kind", sagte John. „Ich werde im Four Reasons Bescheid geben, dass du nicht kommst."
„Vielen Dank." Ihr schoss durch den Kopf, dass sie und Liam das Four Reasons ja einmal gemeinsam besuchen konnten. Der Valentinstag wäre zum Beispiel die ideale Gelegenheit für einen romantischen Wochenendtrip.
„Nichts zu danken. Geht's der kleinen Miracle gut?"
Riley stutzte. Am Vortag hatte sie sich noch erklären können, warum sie geglaubt hatte, John hätte das Kätzchen beim Namen genannt. Jetzt hatte er klar und deutlich nach „Miracle" gefragt. Hatten sie oder Liam ihm den Namen am Vortag verraten? Sie war verwirrt. Verwirrt durch die Situation und in Gedanken immer noch in Liams starken Armen. Woher wusste John den Namen ihrer Katze?
„Es geht ihr gut, sie ist gerade bei mir am Arm und schnurrt, was das Zeug hält."
„Schön zu hören, dass es ihr gut geht. Und wunderbar, dass sie dich gefunden hat", sagte John und klang schon wieder sehr kryptisch. Dann verabschiedete er sich von Riley und sie hängte auf.

„Wer war's?", fragte Liam, als sie mit dem Kätzchen zurück ins Schlafzimmer kam. Miracle kletterte sofort aufs Bett und sprang wie ein Gummiball auf der Decke

herum, um etwas Unsichtbares, das offenbar nur sie sehen konnte, zu fangen, ehe sie auf Liams Brust kletterte und sich von ihm streicheln ließ. Riley kam ebenfalls wieder unter die Decke.
„John war dran. Er meinte, er könnte mich gegen Mittag abholen und zum Bahnhof bringen.“ Sie bemerkte, wie Liams Miene sich versteifte. „Ich habe ihm gesagt, dass ich die Feiertage aber lieber hier verbringen möchte.“ Ein Lächeln zeichnete sich auf ihren Lippen ab und auch Liam entspannte sich.

Nachdem die beiden erst gegen Mittag aus dem Bett gekommen waren und einen ausgiebigen Lunch eingenommen hatten, machten sie einen Spaziergang durch den Wald – immer begleitet von Miracle. Das schneeweiße Kätzchen wich Riley und Liam nicht von der Seite und erinnerte viel eher an einen Hund als an eine Katze. Ab und zu stob sie durch den Schnee und kletterte ein Stück einen der Bäume hoch, doch dann raste sie ihrer neuen Besitzerin hinterher, bis sie schließlich beschloss, dass es viel bequemer war, den Spaziergang auf Rileys Arm fortzusetzen, als selbst zu laufen. So thronte sie also auf Rileys Arm und besah sich die Gegend, blickte Raben nach, die über ihren Köpfen dahinflogen, und versuchte, ab und zu eine Schneeflocke zu fangen, die sich auf ihrer Nase absetzte.

Am Nachmittag wollte Riley Kekse backen, um die

Stimmung noch etwas weihnachtlicher zu gestalten. Das Blockhaus hatte eine voll ausgestattete Speisekammer und so auch alles, was sie benötigte, um zu backen. Während sie sich in der Küche zu schaffen machte und Miracle selig auf der Couch schlummerte, hatte Liam sich noch einmal auf in den Wald gemacht, um Feuerholz für den Kamin zu sammeln. Riley hatte außerdem ihre Familie darüber informiert, dass sie die Feiertage nun doch nicht in Fairview, sondern in Beaver Creek verbrachte. Die Information, dass sie einen Mann kennengelernt hatte, mit dem sie nicht nur das Haus, sondern mittlerweile auch das Bett teilte, behielt sie für sich. Sie konnte sich gut vorstellen, wie ihre Mutter reagieren würde, die schon nicht begeistert gewesen war, dass Riley ihre Feiertagspläne noch einmal über den Haufen geworfen hatte. Vermutlich würde sie ihren Vater dazu zwingen, die Kreuzfahrt abzubrechen und am nächsten Hafen an Land zu gehen, während sie ständig darüber nachdachte, dass der entlaufene Irre, der mit ihrer Tochter in diesem Haus mitten im Wald lebte, sie abschlachtete. Sie war gerade dabei, die zweite Ladung Schoko-Zimt-Sterne in den Ofen zu schieben, als es an der Tür klingelte. Sie fragte sich kurz, wer ihr und Liam wohl einen Besuch abstattete, kam dann aber zu dem Schluss, dass es sich nur um John handeln konnte, dem sie dieses Mal eine Tasse Tee und selbst gebackene Kekse anbieten konnte. Und vielleicht konnte er ihre Bedenken, er wäre der Weihnachtsmann, ja dann zerstreuen. Sie wischte sich die Hände an der Schürze ab, die sie in der Speisekammer gefunden und sich umgebunden hatte, und lief zur Tür.

„Hallo?“ Sie rechnete fest damit, John vor der Tür anzutreffen, und setzte ein freundliches Lächeln auf. Doch stattdessen stand eine Frau davor, die sie fast von oben herab anstarrte. Sie hatte kurzes, rotes Haar, ein schmales Gesicht, war makellos geschminkt und trug einen Mantel von Chanel, der ein Vermögen gekostet haben musste.

„Wer sind Sie denn?“, fragte sie abschätzig, und Riley wusste vom ersten Augenblick an, dass sie diese Frau nicht ausstehen konnte.

„Ich … bin Riley Collins. Ich habe die Hütte hier gemietet. Kommen Sie von John?“, versuchte sie es, obwohl sie sich denken konnte, dass diese Frau nichts mit dem netten alten Herrn zu tun hatte, der ihr diese Unterkunft beschert hatte.

„Ich bin Joyce Masterson, und mir wurde gesagt, mein Mann habe diese Hütte gemietet. Ist er da?“

„Ihr Mann?“ Riley verstand nicht ganz, dann fiel es ihr wie Schuppen von den Augen. Joyce. Liam hatte seine Frau Joyce genannt. Sie musste … tatsächlich Liams Frau sein. „Meinen Sie Liam?“, fragte sie dennoch sicherheitshalber.

„Genauso ist es. Ich dachte mir schon, dass er sich irgendein kleines Flittchen anlacht, das er hier draußen in der Wildnis bis zum Abwinken vögeln kann. O Gott, er ist so durchschaubar. Aber dass er keine höheren

Ansprüche hat als …“ Joyce sah Riley von oben bis unten an und ging dann an ihr vorbei ins Haus.
„Liam? Liam, Liebling, wo bist du? Wir müssen reden“, rief sie. Rileys Herz war mittlerweile stehen geblieben. Wie in Trance beobachtete sie, wie Joyce durch die einzelnen Zimmer lief und nach ihrem Mann suchte.
„Ist er oben? Haben Sie ihm das Hirn rausgevögelt?“, fragte sie dabei abschätzig. Miracle kam aus dem Wohnzimmer gelaufen und sah Joyce mit großen Augen an. Sie wollte den Neuankömmling begrüßen und streifte um ihre Beine, doch Joyce versetzte dem Kätzchen einen Tritt, dass es aufheulte und sich unter dem Sofa versteckte. Riley erwachte aus ihrer Trance.
„Sind Sie völlig verrückt?“, rief sie und kniete nieder, um das verängstigte Tier hinter dem Sofa hervorzuholen und wieder etwas zu beruhigen.
„Ich halte nicht viel davon, sich Ungeziefer ins Haus zu züchten“, sagte Joyce. „Also raus mit der Sprache, wo ist Liam? Ist er nun oben im Bett, wo er Sie durchgevögelt hat? Hat er Ihnen nicht erzählt, dass er plastischer Chirurg ist? Haben Sie überhaupt eine Ahnung, welche Kaliber von Frauen Liam für gewöhnlich um sich hat? Und Sie haben wirklich geglaubt, Sie könnten ihn sich angeln?“
Riley atmete einmal tief durch. Ihr Herz raste, und sie konnte gar nicht glauben, was hier gerade passierte. Sie spürte, wie Tränen der Wut und auch der Enttäuschung in ihr aufstiegen. Das hier war echt. Joyce war echt. Die

Frau des Mannes, in den sie sich verliebt hatte. Miracle schnurrte und schmiegte sich an sie. Gott sei Dank hatte sie den Tritt von Joyce gut verkraftet und war auch nicht verletzt. Dennoch starrte sie die Frau, die frappierende Ähnlichkeit mit Cruella de Vil aus Disneys 101 Dalmatiner hatte, ängstlich an. Was den liebevollen, herzlichen und netten Liam geritten hatte, so eine Frau zu heiraten, konnte Riley sich nicht erklären. Die beiden waren wie Feuer und Wasser, so unterschiedlich, wie sie hätten nicht unterschiedlicher sein können.

„Ich will ihn mir nicht angeln, keine Sorge. Das alles hier ist bloß ein Missverständnis, wir wurden irrtümlich auf dieselbe Hütte gebucht und dann …“ Sie brach ab, als sie bemerkte, wie die Hintertür sich öffnete.

„Liebling, ich bin wieder zu Hause“, rief Liam bester Laune. „Sind die Kekse schon fertig? Ich habe einen Bärenhunger.“

Joyce trat – breit grinsend – aus der Küche in den Flur, und Riley bemerkte, wie Liams Gesichtszüge einfroren.

„Was willst du hier?“, fragte er mit eiskalter Miene.

„Mit dir reden. Es ist wichtig.“

„Wir haben uns nichts mehr zu sagen, Joyce“, sagte Liam. „Ich habe die Scheidungspapiere schon vorgestern unterzeichnet. Du kannst also wieder abrauschen.“

„Ach, so einfach machst du es dir?“, rief Joyce. „Du verziehst dich in eine Hütte im Nirgendwo, lachst dir eine billige, fette und hässliche Schlampe an und

glaubst, das wäre es gewesen? Ernsthaft?“
„Ich verbiete dir, mit Riley so zu reden“, sagte Liam drohend.
„Ich glaube, ich lasse euch beide jetzt besser allein“, sagte Riley. Miracle hatte es sich auf Rileys Arm bequem gemacht und war eingeschlafen. Gemeinsam mit dem Kätzchen ging sie nach oben in das Zimmer, in dem sie ihre erste Nacht verbracht hatte.

Der Schreck saß immer noch in ihren Gliedern und von unten hörte sie Liam und Joyce heftig diskutieren. Sie schaltete den kleinen Fernseher ein, der in dem Zimmer stand, um nicht jedes Wort mitzuhören. Das, was da unten vor sich ging, ging sie nichts an. Plötzlich wurde es still. Einige Zeit später hörte Riley, wie die Eingangstür geöffnet und gleich darauf wieder geschlossen wurde, kurz danach vernahm sie Schritte, die die Treppe heraufkamen. Ihr Herz setzte einen Schlag aus, als die Tür geöffnet wurde und Liam hereinkam. Er sah um Jahre gealtert aus. Seine stahlblauen Augen hatten die Farbe von düsterem Grau angenommen, seine Haut war aschfahl und die Fältchen um seine Augen, die sich bildeten, wenn er lächelte, wirkten wie tiefe Furchen.
„Ist alles in Ordnung?“, fragte Riley erschrocken. Am liebsten wäre sie auf ihn zugegangen, hätte ihn in die Arme genommen und ihn geküsst, hätte ihm gesagt, dass alles wieder gut werden würde, doch etwas in ihr sagte ihr, es lieber nicht zu tun.

„Joyce ist jetzt gegangen“, sagte Liam und Riley fiel ein Stein vom Herzen. „Aber wir beide müssen reden.“ Er klang nicht gerade wie jemand, der die freudige Botschaft überbrachte, seine lieblose Ehe nun endlich beendet zu haben. Riley setzte sich auf. Miracle blickte Liam an, als wüsste sie genau, was für ein ernstes Gespräch jetzt bevorstand. Er setzte sich aufs Bett und hielt einige Momente inne.

„Riley, hör mal, ich hatte soeben ein langes und intensives Gespräch mit Joyce. Ich habe dir doch bereits gesagt, dass meine Familie der Ehe sehr große Bedeutung beimisst und dass es nichts geben darf, was eine solche Verbindung trennt.“ Riley sah Liam mit großen Augen an. Sie konnte sich schon denken, worauf dieses Gespräch hinauslief, und sie spürte, wie ihr langsam, aber sicher übel wurde.

„Ja, das hast du“, sagte sie.

„Joyce und ich sind also zu der Entscheidung gelangt, es noch einmal miteinander zu versuchen, meiner Familie zuliebe. Ich verdanke meinen Eltern eine ganze Menge, weißt du, und wenn ich sie jetzt auf diese Weise enttäusche … Wir wissen beide, dass wir Probleme haben, dass wir … nicht mehr die sind, die wir auf dem College waren, aber diese Ehe weiterhin bestehen zu lassen, das ist etwas, was ich meinen Eltern schuldig bin. Sie haben sehr viel für mich getan und mich auf all meinen Wegen immer unterstützt. Ich darf diese Beziehung jetzt nicht einfach so hinwerfen. Ich muss ihr eine zweite Chance geben. Ich muss das tun.“

Er klang nicht gerade wie jemand, der aus vollster Überzeugung sprach.
„Du musst das tun?“, fragte Riley. „Liam, du bist ein erwachsener Mann von achtunddreißig Jahren.“
„Ich weiß. Und auch wenn du es jetzt noch nicht verstehst, Riley, ich habe keine andere Wahl.“
„Keine Sorge, ich verstehe dich schon“, sagte Riley bitter. „Ich habe fast damit gerechnet, dass du die Situation ausnützt und dich an deiner Joyce rächst, weil sich die Möglichkeit dazu bietet. Wenn sie dich betrügt, warum sollst du dann nicht auch mit einer anderen schlafen. Abcr weißt du was, du hättest mir gar nicht erst so viel Honig ums Maul schmieren müssen, ich hätte auch so mit dir geschlafen“, warf sie ihm vor. „Schade nur, dass sie nicht schon gestern aufgetaucht ist, da war mein Trip ins Four Reasons noch nicht abgeblasen.“ Entgeistert sah er sie an.
„Riley, es ist nicht so, wie du denkst. Ich habe alles, was ich gesagt habe, ernst gemeint. Aber du musst mich auch verstehen. Ich bin es meinen Eltern schuldig, es noch einmal mit Joyce zu versuchen. Ja, sie hat einen Fehler gemacht und …“
„Lass gut sein, Liam, spar dir deine Erklärungen“, sagte Riley. Sie wollte die Standardausflüchte, warum jemand doch nicht mit einem zusammen sein konnte, gar nicht hören.
„Ich reise morgen ab, du kannst das Haus also für dich haben. Wenn du keine weitere Nacht mit mir unter einem Dach verbringen möchtest, dann rufe ich John an

und frage ihn, ob er mich irgendwo anders unterbringen kann. Zur Not tut es auch die Ankunftshalle beim Bahnhof."
„Es tut mir so leid, Riley, unter anderen Umständen …"
Er sah sie an, und Riley bemerkte, dass er es ehrlich meinte. Dennoch hasste sie ihn in diesem Moment. Er wollte sich nicht aus etwas herausreden, er warf ihr nicht irgendwelche leere Floskeln vor, er meinte es ernst. Unter anderen Umständen wären sie beide ein Paar geworden.
„Ich reise ab", sagte Riley mit fester Stimme.
„Was?" Liam klang gebrochen. Riley wusste, dass er sie in seinem Inneren nicht verlieren wollte und dass, was es auch immer war, was er seinen Eltern schuldete, es ihn dazu zwang.
„Ich wollte sowieso von Anfang an nach Fairview. Ich bitte John, mich zum Bahnhof zu bringen, und fahre dann mit Miracle ins Four Reasons."
Liam stand auf.
„Es tut mir so leid, Riley", sagte er, bevor er ihr Zimmer verließ.
„Ja, mir auch", entgegnete sie.

Eine Stunde später stand Riley mit gepackten Koffern in der Eingangstür der Hütte. John hatte eine Transportbox für Miracle mitgebracht, in die Riley die kleine Katze nun verfrachtet hatte. Die Samtpfote verstand überhaupt nicht, wieso sie nicht wie sonst durchs Haus tollen konnte, sondern in dieser Box eingesperrt sein musste, und steckte ihre kleinen Pfötchen durch die quadratischen Öffnungen vorn an der Box.

„Ich bringe den hier mal zum Auto“, sagte John, der ebenfalls bedrückt wirkte. Er war überrascht gewesen, als Riley ihn angerufen und gebeten hatte, sie zum Bahnhof zu bringen. Sie hatte im Four Reasons nachgefragt, ob ihr Zimmer noch frei war, und Rose hatte sich sehr darüber gefreut, Riley doch noch begrüßen zu dürfen.

„Vielen Dank, John“, sagte Riley und wartete, bis der alte Mann mit dem Koffer verschwunden war, ehe sie sich zu Liam umdrehte.

„Also dann“, sagte sie und gab sich Mühe, die Tränen zurückzuhalten. Vergebens.

„Riley, es tut mir so leid. Das zwischen uns … hätte gepasst. Ich wünschte, du könntest verstehen, dass ich tun muss, was ich tun muss“, sagte Liam und versuchte, Riley eine Träne von der Wange zu wischen. Sie drehte sich weg.

„Bitte nicht. Mach es nicht noch schwerer.“ Sie lachte. „Wenn mir vor drei Tagen jemand gesagt hätte, dass ich mein Herz an einen eingebildeten Schnösel in Beaver Creek verliere, dann hätte ich denjenigen für verrückt erklärt.“ Die Tränen wurden stärker.

„O Riley“, sagte Liam, und auch er hatte damit zu kämpfen, seine Tränen zurückzuhalten. Sie überlegte, ihn zu bitten, Joyce doch zu verlassen. Sie wusste genau, wie er sich gefühlt haben musste, als sie ihn mit seinem besten Freund betrogen hatte – über Monate. Und mit all den anderen Kerlen. Sie kannte den Schmerz und die Selbstzweifel, die von einem Besitz ergriffen, wenn man dahinterkam, dass man eine lange Zeit hintergangen worden war. Die Nächte, in denen man wach lag und sich fragte, was man falsch gemacht hatte. Die vielen Male, in denen man Situationen wieder und wieder durchspielte, sich fragte, ob es etwas geändert hätte, hätte man sich anders verhalten. Die Augenblicke, in denen man mit dem Gedanken spielte, zu Kreuze zu kriechen und den anderen wenn nötig anzubetteln, um es noch einmal miteinander zu versuchen. Und sie kannte die Wut, die sich irgendwann einmal in einem aufbaute. Wut gegenüber demjenigen, der einen betrogen hatte. Einem Menschen, dem man so lange vertraut, dem man sein Innerstes geöffnet hatte und der mit Füßen darauf herumgetrampelt war. Dann schlug sie sich den Gedanken aus dem Kopf. Sie wusste, dass Liam sich seine Entscheidung alles andere als leicht gemacht hatte und dass er tun musste, was er tun musste. Nachdem er sie einige Augenblicke lang wortlos angesehen hatte, so, als wolle er sie für immer in seinem Gedächtnis abspeichern, wandte er sich von ihr ab. Er ging vor der Transportbox, in der Miracle saß und immer noch mit ihren Pfötchen durch den Deckel krallte, auf die Knie und sah hinein.

„Pass mir gut auf dein Frauchen auf, Miracle“, sagte er und steckte einen Finger durch das Gitter. Miracle

begann sofort, damit zu spielen, und stupste ihn mit ihren Pfoten an.
„Ihr beide werdet mir verdammt fehlen“, sagte er, während eine Träne nun doch seine Wange hinunterrollte. Rileys Herz brach. All die Weihnachtsstimmung, die noch vor wenigen Stunden von ihr Besitz ergriffen hatte, war verflogen. All die Pläne, die sie und Liam für die Zeit nach Beaver Creek gemacht hatten, waren mit einem Mal verpufft. Sie sah ihn an.
„Ich muss dann los, ich sollte John nicht so lange warten lassen, und mein Zug geht in fünfundvierzig Minuten.“ Sie überlegte, ob sie ihn zum Abschied drücken sollte, entschied sich dann aber dagegen.
„Okay.“
„Mach’s gut, Liam.“
„Mach’s gut, Riley.“
Sie drehte sich um und trat durch die Tür.
„Riley?“
„Ja?“ Sie sah über ihre Schulter.
„Ich werde dich nie vergessen.“

ZEHN

Wenig später rollte Johns Truck über die immer noch verschneiten Straßen von Beaver Creek. Resigniert blickte Riley aus dem Fenster, während Miracle es sich in ihrer Transportbox gemütlich gemacht hatte und fest schlummerte.

„Manchmal dauert es eine Weile, Riley, bis man sich bewusst ist, was das Richtige ist, weißt du?", sagte John plötzlich. Diesmal wunderte sie sich nicht über seine Aussage. Selbst ein Blinder hätte bemerkt, dass zwischen ihr und Liam etwas gelaufen war, und bestimmt hatte Joyce bei ihm nachgefragt, wo ihr Mann

untergebracht war.
„Hm“, machte sie und wusste nicht, was sie sagen sollte. Ihr war klar, dass sie Liam nicht mehr wiedersehen würde. Er ging zurück nach Connecticut und feierte Weihnachten mit seiner Familie und Joyce feierte neben Weihnachten noch einen Neuanfang. Sie wünschte ihm von Herzen, dass die Seitensprünge, die Joyce offenbar permanent gehabt hatte, nun ein Ende fanden. Liam hatte Riley erzählt, dass Joyce eine Frau aus einfachen Verhältnissen war, während seine Familie ziemlich wohlhabend war. Sein Vater war einst ein hochrangiger Politiker gewesen, der selbst jetzt noch in der Öffentlichkeit stand. Joyce war es gewohnt, im Luxus zu leben, und hätte wohl einen Arm dafür geopfert, mit Liam verheiratet zu bleiben. Sie hatte einen ziemlich guten Draht zu Liams Mutter, die nun ebenfalls auf ihn einredete, Joyce noch einmal eine Chance zu geben. Ihre eigene Familie hatte sich zwar Gott sei Dank nie in ihre Beziehungen eingemischt, aber sie konnte sich den Druck gut vorstellen, dem man ausgesetzt war, wenn die eigenen Eltern auf etwas bestanden, erst recht, wenn man ihnen so einiges zu verdanken hatte, wie Liam erwähnte.

John parkte seinen Wagen vor dem Bahnhofsgebäude, das immer noch wie ausgestorben wirkte. Offensichtlich waren die Bewohner von Beaver Creek drei Tage vor Weihnachten nicht in Reiselaune. Wie recht sie doch hatten. John brachte Riley zum Bahnsteig

und drückte sie.
„Vergiss nicht, Kind, wir haben Weihnachten. Und das ist die Zeit der Wunder. Lass den Kopf nicht hängen, wer weiß, was noch alles passiert.“ Er zwinkerte ihr zu und erinnerte sie jetzt mehr denn je an den Weihnachtsmann. Es schien fast so, als wäre er dem richtigen Weihnachtsmann in den letzten Tagen noch ähnlicher geworden.
„Danke für alles, John“, sagte Riley.
„Es war mir ein Vergnügen. Bis demnächst.“ Er winkte ihr zu, drehte um und verließ den Bahnhof. Riley warf einen Blick in die Transportbox.
„Na, dann wollen wir mal, was, Miracle?“

Es war beinahe Mitternacht, als Riley in Fairview aus dem Zug stieg. Die Fahrt hierher hatte knapp sieben Stunden gedauert, und seit sie Beaver Creek verlassen hatte, hatte sie an nichts anderes mehr denken können als an Liam. Ihr war eingefallen, dass sie beide noch nicht einmal Telefonnummern oder E-Mail-Adressen ausgetauscht hatten. Selbst wenn Liam sie also eines Tages hätte kontaktieren wollen, weil er sich beispielsweise doch von Joyce getrennt hatte, so hätte er das nicht gekonnt.

Es war kalt, als Riley die Bahnhofshalle betrat. Ein großer Weihnachtsbaum stand in der Mitte und die Halle wurde mit Weihnachtsmusik beschallt. Die

Wartehalle war leer bis auf eine alte Dame mit grauen Haaren. Sie saß auf einer der Bänke und hatte den Blick auf ihr Handy gesenkt wie eine Jugendliche, die von dem Telefon nicht loskam. In dem Moment, als Riley eintrat, sah sie auf.

„Riley, richtig?“, fragte sie, während sie sich erhob.

„Ganz genau.“ Riley hatte ein gutes Gefühl, als sie die warmherzige Frau entdeckte.

„Ich freue mich sehr, dass du es nun doch schaffst und uns besuchst. Ich bin übrigens Rose, wir haben telefoniert.“

„Freut mich sehr, Sie kennenzulernen.“

„Das ‚Sie‘ will ich überhört haben, ich bin doch noch keine alte Frau.“ Rose lachte. „Nenn mich einfach Rose.“

„Danke, Rose.“

„Wir haben schon alles für dich vorbereitet, Kind. Du bekommst das schönste Zimmer, das wir haben. Deine Freundin Rachel hat seinerzeit auch darin geschlafen. Sie und Will kommen uns regelmäßig besuchen, weißt du?“

„Ja, Rachel hat so etwas gesagt. Sie hat förmlich von eurer Pension geschwärmt.“

„Ihr haben wir es auch zu verdanken, dass die Pension heute so gut läuft. Wir standen damals kurz vor der Pleite, als Rachel und Will die Feiertage bei uns verbrachten. Die beiden haben das Four Reasons gerettet und sich gleichzeitig ineinander verliebt. Die ganze Geschichte erzähle ich dir gern bei einer Tasse

Tee und einem Stück Kuchen.“ Die alte Dame warf einen Blick auf die Transportbox. Riley hatte gar nicht gefragt, ob es in Ordnung war, Tiere mit ins Four Reasons zu bringen. Sie hoffte, dass die Damen nichts gegen Rileys tierischen Begleiter hatten. Ansonsten würde sie die Heimreise antreten müssen. Miracle würde sie jedoch unter gar keinen Umständen irgendwo abgeben oder zurücklassen.
„Wen haben wir denn hier?“, fragte Rose und ging vor der Transportbox in die Hocke, aus der sogleich zwei kleinen Katzenpfoten zum Vorschein kamen und spielerisch nach ihr schlugen.
„Das ist Miracle. Sie ist mir in Beaver Creek zugelaufen. Es stand schlecht um sie, aber jetzt ist sie wieder gesund. Ich hoffe, es ist okay, dass ich sie mitgebracht habe.“
„O ja“, sagte Rose, „wir lieben Tiere. Gleich morgen früh besorge ich etwas Katzenfutter für sie. Heute Abend muss sie sich mit Menschenfutter zufriedengeben.“ Rose lachte. Dann gingen Riley und sie gemeinsam aus der Wartehalle.

„Das dort vorne ist mein Wagen“, sagte Rose und deutete auf ein seltsames rotes Auto, das aussah wie ein uralter Mini aus den Siebzigerjahren. Nur dass es eben keiner war. Riley bezweifelte, in das kleine Fahrzeug gemeinsam mit Rose, ihrem Koffer und ihrer Katze zu passen, doch Rose belehrte sie eines Besseren. Kurze Zeit später tuckerte das seltsame Gefährt im

Schneckentempo die verschneiten Straßen entlang und hielt etwas später vor einem hübschen, viktorianischen Haus mit vielen Giebeln und Erkern.
„Da wären wir“, sagte Rose und stellte den Motor ab. Sie stieg aus dem Wagen und hievte mit unglaublichen Kräften Rileys Koffer aus dem Kofferraum.
„Ich nehm ihn schon, vielen Dank“, sagte Riley und zog den Koffer hinter sich her den schmalen, verschneiten Weg zum Haus hinauf. Ein großer Türkranz, in dessen Mitte ein Weihnachtsmann saß, war an der Eingangstür angebracht.
„Trautes Heim, Glück allein“, sagte Rose, während sie aufschloss. Riley trat ein und fand sich in einem geräumigen, gemütlichen Wohnzimmer wieder. In der Mitte gab es eine einladende Couch und einen Fernseher, auf dem Couchtisch davor lagen verschiedene Magazine. Links von ihr fanden sich eine Leseecke mit zwei Lesesesseln und ein Beistelltisch sowie ein großes Bücherregal, in dem Riley zahlreiche bunte Buchrücken ausmachen konnte. Rechts von der Leseecke ging es hinauf in den ersten Stock und neben dem Treppenaufgang war eine Tür – vermutlich jene, die in die Küche führte. Riley war etwas verdutzt. Sie hatte damit gerechnet, eine kleine Lobby zu betreten, stattdessen stand sie mitten in einem privaten Wohnzimmer. Auf der Couch saßen drei vorwitzige alte Damen.
„Riley, wir freuen uns so, dass du doch noch gekommen bist“, sagte eine von ihnen. Die drei standen

auf und begrüßten Riley, als wäre sie eine lange vermisste Verwandte. Sofort fühlte sie sich im Four Reasons wohl.
„Ich bin Martha“, stellte die Frau sich vor. „Das ist Louise.“ Sie zeigte auf eine kleine alte Dame mit schneeweißen Haaren. „Und hier haben wir Alice.“
„Freut mich sehr, euch kennenzulernen. Rachel hat mir schon erzählt, dass es ganz zauberhaft im Four Reasons ist, aber dass es so großartig ist, hätte ich nicht gedacht.“ Ein warmes Gefühl überkam sie. Es war eine gute Entscheidung gewesen, ins Four Reasons zu kommen. Auch wenn ihr Herz wegen Liam gebrochen war, so glaubte sie, dass sie hier die nötige Ablenkung fand, die sie gebrauchen konnte. Außerdem – die Alternative wäre gewesen, zurück nach Manhattan zu fahren und die Feiertage ganz allein zu verbringen.
„Stell erst mal dein Gepäck ab, Liebes“, sagte Louise. „Ich habe Lasagne gemacht – möchtest du ein Stück?“
„Um diese Uhrzeit? Es ist fast Mitternacht.“ Riley schmunzelte.
„Natürlich um diese Uhrzeit. Wir haben Weihnachten“, sagte die alte Dame, „die Zeit des Genusses. Da kann man sich ruhig mal etwas gönnen. Mädels, für euch auch noch eine Portion?“ Die Frauen stimmten zu und vereinbarten, dass Riley zuerst ihr Zimmer beziehen und sich frisch machen sollte. In dreißig Minuten wurde ein Mitternachtssnack à la Four Reasons serviert.

Während Louise in der Küche alles vorbereitete,

brachte Alice Riley und Miracle – der natürlich auch Lasagne versprochen wurde – auf ihr Zimmer.
„Fühl dich wie zu Hause, meine Liebe“, sagte Alice. „Im Badezimmer findest du alles, was du brauchst, inklusive eines superflauschigen Bademantels. Wir haben letztes Jahr angebaut und können unseren Gästen nun sogar einen kleinen Wellnessbereich mit Infrarotraum und Whirlpool anbieten. Ideal in der kalten Jahreszeit, um sich wieder etwas aufzuwärmen. Morgen zeig ich dir alles, wenn du willst.“
„Klingt toll, vielen Dank.“
„Dann bis später“, sagte Alice und verließ das Zimmer.
Riley sah sich um. Die Ladys hatten nicht übertrieben, das Zimmer, das sie Riley gegeben hatten, sah wunderschön aus. Es befand sich unter einem Giebel und das Bett stand direkt in einem Erker. Es sah unsagbar gemütlich aus mit all seinen Kissen und Decken. Der hellbraune Teppichboden fühlte sich angenehm weich an, und das Bett lud ein, sich in die vielen Kissen zu werfen. Neben dem Bett befand sich noch eine Kommode, ein Schreibtisch mit Stuhl und ein Wandschrank in dem Zimmer. Außerdem war ein Flatscreen an der Wand angebracht. Miracle miaute kläglich.
„Oh, sorry, Miracle, ich hab dich ganz vergessen“, sagte Riley, setzte die Transportbox auf dem Bett ab und öffnete das kleine Türchen, um ihre Katze freizulassen. Die Samtpfote sprang munter aus der Box und inspizierte das Zimmer sowie das Bad. Schließlich

sprang sie mit einem Satz auf das Bett und rollte sich genau in der Mitte zusammen, wo sie einschlummerte. Riley sah die Katze liebevoll an, die jetzt so voller Leben und Energie war, und ihr Herz erfüllte sich mit Wärme. Während Miracle ein Nickerchen hielt, so beschloss sie, würde sie selbst duschen gehen.

Kurze Zeit später lief Miracle neben Riley die Treppe hinunter in die Küche, wo die Ladys schon warteten. Der Tisch war mit Weihnachtsgeschirr gedeckt worden und auf jedem Teller fand sich eine bunte Weihnachtsserviette. Es duftete lecker nach der Lasagne, die Damen hatten eine Flasche Rotwein geöffnet, und selbst für Miracle war ein kleiner Teller Lasagne neben dem Tisch bereitgestellt worden, über den sie sich gierig hermachte.
„Setz dich, Liebes“, sagte Martha und deutete auf den freien Platz am Tisch.
„Danke schön.“
„Ich hoffe, es ist in Ordnung für dich, wenn wir in der Küche essen. Wenn wir keine Gäste haben, decken wir eigentlich nie im großen Speisesaal.“
„Keine Gäste?“ Riley sah Martha fragend an. Rachel hatte ihr doch erzählt, dass die Pension so gut wie immer ausgebucht war, und auch als sie das erste Mal mit Rose telefoniert hatte, hatte sie gesagt, sie seien bis zum Frühling hin voll.
„Die Woche vor Weihnachten vergeben wir keine Zimmer, die haben wir nur für uns vier reserviert“,

erklärte Louise, während sie Lasagne auf Tellern verteilte. „Die nächsten Gäste reisen erst am 26. an.“

„Und wieso habe ich dann eines bekommen?“, fragte Riley. Es war ihr fast etwas unangenehm, dass sie den Damen ihre einzige Woche zu viert zerstört hatte. Alice lächelte.

„Also zunächst einmal bist du eine Freundin von Rachel Ryland. Und Rachels Freunde bekommen bei uns IMMER Zimmer. Egal, zu welcher Jahres-, Tages- oder Nachtzeit sie vor der Tür stehen. Und dann … jemand, der an Weihnachten alleine ist, ist bei uns immer willkommen!“ Sie lächelte. „So. Und nun langt zu, Louise macht die beste Lasagne im ganzen Bundesstaat.“

22. DEZEMBER

NOCH ZWEI TAGE BIS HEILIGABEND

ELF

„Glaub mir, es ist die beste Lösung für alle Beteiligten.“ Joyce legte ihre spitz manikürten Finger auf Liams Knie, als er den Motor seines Wagens vor dem Anwesen seiner Eltern abstellte. Er war noch am Vorabend, gleich nachdem Riley das Haus verlassen hatte, aufgebrochen und zurück nach Hartford gefahren. Die ganze Fahrt über hatte er sich den Kopf darüber zermartert, wie er das Ruder doch noch herumreißen und mit Riley zusammen sein konnte, doch er hatte keine Idee. Seine Familie hatte einen Ruf zu verlieren, und wenn er derjenige war, der sich scheiden ließ, nachdem er schon nicht in die Fußstapfen seines Vaters getreten war, der es in Washington immerhin zum Vizepräsidenten geschafft hatte, und stattdessen Schönheitsdoc geworden war – was ihm seine Eltern heute noch übel nahmen –, würde er bei ihnen endgültig in Ungnade fallen. Außerdem hatte Waylon Masterson vor Kurzem einen leichten Herzanfall gehabt, und Liam würde alles dafür tun, um die Nerven seines Vaters zu schonen und dafür zu sorgen, dass es ihm besser ging. Natürlich hatte Joyce die Sache mit dem Herzanfall als eines ihrer schlagendsten Argumente für einen Neustart herangezogen. Für andere war es vielleicht ein fadenscheiniger Grund, die Familie vorzuschieben, um diese Trennung doch nicht durchzuziehen, doch Liam war mit den Grundfesten aufgewachsen, dass die Familie über allem stand. Dass es am Ende nur die Familie geben konnte und dass man manchmal eben Opfer bringen musste – zugunsten der Familie. Die aktuelle Situation war so ein Fall, auch wenn sie Liam zutiefst schmerzte und er kaum klar denken konnte.

Genervt blickte er auf Joyce' Finger, bevor er ihre Hand wegschob. Sie war die Nacht über wieder bei jemandem gewesen und musste ganz kurz vor ihm zurück nach Hause gekommen sein. Ihr Wagen, der vor dem Haus stand, war nicht mit Schnee bedeckt gewesen, obwohl es die ganze Zeit über durchgeschneit hatte, und das Blech gab noch knacksende Geräusche von sich, als es sich durch die Motorwärme ausdehnte. Ohne ein Wort zu sagen, stieg er aus und ging auf das Haus zu. Er hatte noch nicht einmal Rileys Handynummer oder eine E-Mail-Adresse von ihr, um überhaupt noch einmal mit ihr Kontakt aufnehmen zu können. Zum Teufel, er wusste nicht mal, wie sie mit

Nachnamen hieß. Doch möglicherweise war es ohnehin die bessere Lösung, den Kontakt zu ihr völlig abzubrechen, als ihn so weit aufrechtzuerhalten, um immer wieder an die Zeit mit ihr erinnert zu werden. Und außerdem … so wie er sie behandelt hatte, war es nur verständlich, dass sie ihm weder ihre Handynummer noch ihre Mailadresse hinterlassen hatte.

„Liam, mein Junge, du weißt gar nicht, was für ein Geschenk du mir und deinem Vater machst, indem du diese lächerliche Scheidung vergisst", sagte seine Mutter, als sie die Tür öffnete, dann wandte sie sich an Joyce.
„Meine Liebe, du siehst wie immer großartig aus. Geht es dir gut?"
„Natürlich, Mum, es geht mir bestens. Erst recht jetzt, wo ich Liam diese Flausen aus dem Kopf getrieben habe, er würde sich scheiden lassen wollen."
„Ja, manchmal braucht der Gute einen Schubs in die richtige Richtung, um zu wissen, was gut für ihn ist, nicht wahr?" Emily Masterson lächelte ihren Sohn wohlwollend an. Für sie war es das größte Geschenk überhaupt, dass die Scheidung vom Tisch war. Liam ballte seine Hände zu Fäusten. Er hatte seinen Eltern nichts von Joyce' Affären erzählt, wollte die Sache so beenden, dass sie ihr Gesicht wahrte, doch sie hatte das nicht gelten lassen. Vor seinen Eltern hatte sie die Sitzengelassene gespielt, die überhaupt nicht

verstand, warum ihr Mann, den sie so liebte und dem sie treu ergeben war, sie plötzlich nicht mehr wollte. Sein Vater hatte ihn sogar einmal zur Seite genommen und ihn gefragt, ob er eine Andere habe, was ihn auf den Gedanken brachte, dass Joyce ihm eine Affäre andichtete, während sie diejenige war, die von einem fremden Bett ins nächste sprang. Und immer wieder hatte Waylon Liam zu verstehen gegeben, dass die Mastersons keine Männer waren, die sich scheiden ließen, und erst recht keine, die ihre Frauen betrogen.

„Dann kommt erst mal rein, Maggie hat einen großartigen Braten zur Feier eurer Wiedervereinigung gemacht“, sagte Emily Masterson. „Und zum Nachtisch gibt es Himbeertörtchen.“

„Ich hasse Himbeertörtchen“, sagte Liam und dachte daran, wie Riley ihm erzählt hatte, dass sie eine unglaubliche Schwäche für Schokolade hatte und, wenn sie die Wahl hatte auf Fruchttörtchen und Co. verzichtete, weil das für sie „leere Kalorien“ waren im Hinblick darauf, dass Schokolade viel besser – und kalorienreicher – war. Er bemerkte, wie seine Mundwinkel leicht zuckten, als er an Riley dachte. Die wunderbare, liebevolle, herzliche und unkomplizierte Riley, die sein Herz im Sturm erobert hatte. Wie sie sich mit ihm gezankt und nicht lockergelassen hatte, als er es ihr zu Beginn nicht wirklich leicht gemacht hatte. Und wie sie sich geliebt hatten. Wie liebevoll sie sich um Miracle gekümmert hatte. Wie es sich angefühlt hatte, sie im Arm zu halten, und dieses Gefühl, das ihm

irgendwie vermittelt hatte, dass es nur sie für ihn geben konnte.
„Aber deine Frau mag sie, Liam, und nach allem, was du ihr aufgebürdet hast, ist es nur recht und billig, ihr etwas Gutes zu tun." Seine Mutter sah ihn fast tadelnd an, während Joyce ihm einen gehässigen Blick zuwarf. Ihr ging es in erster Linie nicht darum, dass Liam mit ihr verheiratet blieb. Ihr ging es darum, dass sie eine Masterson sein konnte, dass sie die Annehmlichkeiten der Familie weiter wahrnehmen und im Luxus schwelgen konnte, ohne dafür auch nur einen Finger zu rühren. Er wusste, dass sic ihn weiter betrügen würde und ihre Ehe am Ende war, das hatte sie allein schon mit ihrem nächtlichen Ausflug bewiesen, als sie dachte, Liam würde erst am nächsten Tag zurückkommen. Und er wusste, dass er sich ihretwegen einen Neuanfang mit Riley hatte entgehen lassen.

„Liam, du hast dein Essen überhaupt nicht angerührt", stellte Emily fest, als die Familie in dem großen, in dunklem Holz gehaltenen Esszimmer beim Abendbrot saß. Ein großer, beleuchteter Weihnachtsbaum stand in einer Ecke des Raumes und aus den Lautsprechern an der Decke kam leise Weihnachtsmusik von Frank Sinatra, doch Liam war wenig weihnachtlich zumute. Joyce hatte das Gespräch wie selbstverständlich auf einen Sportwagen gelenkt, den sie vor einigen Tagen entdeckt hatte und den sie unbedingt haben wollte. Die ganze Scheinheiligkeit in seinem Elternhaus widerte ihn an. Für einen Moment war er versucht, seiner Familie die Wahrheit zu sagen, dann nahm er sich zusammen. Der Herzanfall seines Vaters vor einem halben Jahr hatte ihn ziemlich mitgenommen und seither war er noch nicht wieder ganz auf dem Damm. Und nachdem Liam seine Familie bereits bei seiner Jobwahl enttäuscht hatte, wollte er nicht auch noch daran schuld sein, wenn der Zustand seines Vaters sich wieder verschlechterte. Erst recht nicht an Weihnachten.

„Ich habe nicht besonders viel Hunger“, sagte er stattdessen.

„Er weint der kleinen Nutte nach, die er sich in Beaver Creek angelacht hat“, entgegnete Joyce gehässig, während sie sich die Hälfte eines Himbeertörtchens fast vulgär in den Mund schob. Ein Klecks Schlagsahne setzte sich in ihren Mundwinkeln ab, den sie gar nicht zu bemerken schien. Seine Mutter sah ihre Schwiegertochter entgeistert an. Worte wie „Nutte“ wurden bei den Mastersons für gewöhnlich vermieden.

„Du hattest eine Frau da?“, fragte Waylon Masterson. Er bedachte seinen Sohn mit einem vernichtenden Blick.

„Ich … Das Haus, das ich gemietet hatte, war irrtümlich zweimal vermietet worden. Es gab einen Schneesturm, wir waren eingeschneit, und es gab keine Möglichkeit, in die Stadt zurückzukehren – hätte ich sie wieder wegschicken sollen?“

„Sie hat ihm Kekse gebacken, als ich hingekommen bin“, plauderte Joyce weiter aus dem Nähkästchen. Ihre

Stimme hatte einen gehässigen Unterton angenommen. „Ein Niemand, wisst ihr? Vermutlich ein verbittertes Hausmütterchen, das auf die große Chance gehofft hat, in eine Familie wie unsere aufgenommen zu werden. Von vornherein ein hoffnungsloser Fall. Obendrein fett und hässlich.“ Das zweite Himbeertörtchen verschwand in ihrem Mund.

„Liam, wir müssen reden“, sagte sein Vater und stand auf. Er ging voraus in sein Büro und ließ sich in den großen Sessel hinter dem gigantischen Schreibtisch aus der Kolonialzeit fallen, der dort stand, seit Liam denken konnte, und der ihm heute noch genauso viel Respekt einflößte wie damals, als er ein kleiner Junge war. In Liam staute sich der unbändige Drang auf, seinem Unmut, der Wut, die er in sich trug, Luft zu machen. Es war ein Fehler gewesen, auf Joyce' Süßholzgeraspel von wegen, sie hätten Weihnachten und sie wären es seiner Familie schuldig, es noch einmal miteinander zu versuchen, hereinzufallen. Jetzt wäre Liams Möglichkeit, seinem Vater alles zu erzählen. Joyce' Affären, ihre Hinterhältigkeit und die Tatsache, dass sie nur des Geldes wegen mit ihm verheiratet bleiben wollte. Doch er bemerkte früh, dass er es auch dieses Mal nicht schaffen würde, reinen Tisch zu machen. Waylon war einige Momente lang still, ehe er das Wort ergriff.

„Junge, ich habe mittlerweile akzeptiert, dass du ein Leben, wie wir es führen, ablehnst. Du hast dich dagegen entschieden, in meine Fußstapfen zu treten und in die Politik zu gehen, obwohl du alle Chancen der Welt gehabt hättest, Gouverneur von New York zu werden. Vermutlich hättest du es sogar geschafft, eines Tages Präsident dieses Landes zu sein. Aber du wolltest Arzt werden. Keine Frage ein ehrbarer Beruf und viele werden vermutlich auch meinen, besser Arzt als Politiker. Aber dennoch gibt es auch für dich Regeln, an die du dich halten musst. Ich war Vizepräsident dieses Landes, zum Teufel, und auch wenn das bereits zwanzig Jahre her ist, hat die Presse immer noch ein Auge auf das, was wir tun. Was, glaubst du wohl, passiert, wenn die Regenbogenpresse davon Wind bekommt, dass die perfekte Ehe meines einzigen Sohnes wegen irgendeiner kleinen Schlampe zerbrochen ist?"

Liam lachte. Die einzige Schlampe hier war nicht Riley, sondern Joyce, die sich im Esszimmer mit Himbeertörtchen vollstopfte.

„Was ist daran so witzig? Ich kann nicht verstehen, dass du deiner Familie, allen voran deiner Frau, diese Dinge antust, nur weil du glaubst, du müsstest dir in deinem Alter noch einmal die Hörner abstoßen."

„Vergiss es einfach, Dad", sagte Liam, dem schmerzlich bewusst wurde, dass es keine Möglichkeit gab, seinem Vater die Wahrheit zu sagen. „Es tut mir leid, dass ich euch enttäuscht habe." Er war immer noch versucht, seinem Vater reinen Wein einzuschenken, verwarf den Gedanken dann jedoch. Waylon Masterson war noch nie jemand gewesen, der einlenkte, wenn jemand auf die Tränendrüse drückte. Noch dazu war er der Ansicht, dass ein Mann seine Gefühle unter Kontrolle haben musste, was bedeutete, dass er nicht herumheulte, wenn seine Frau ihm fremdging, sondern versuchte, die Situation ohne viel Aufsehen wieder unter Kontrolle zu bringen.

„Ich erwarte von dir, dass du dich zukünftig etwas besser unter Kontrolle hast. Jede Ehe hat ihre Aufs und Abs. Wäre ich jedes Mal, wenn deine Mutter und ich Streit gehabt haben, abgehauen, hättest du mich überhaupt nie zu Gesicht bekommen. Und jetzt entschuldige dich bei Joyce dafür, dass du sie derart gedemütigt hast, und vergiss die ganze Sache mit dieser anderen Frau wieder."

Wut stieg in Liam auf. Er würde damit leben müssen, dass seine Frau ihn betrog und dass seine Eltern erwarteten, dass seine Ehe bestand. Aber er würde sich nicht dafür entschuldigen, dass er eine großartige Frau kennengelernt hatte, mit der er die zwei schönsten Tage seines Lebens verbracht hatte.

„Ich brauche etwas frische Luft", sagte er und stand auf.

„Du weißt, was du zu tun hast", erwiderte Waylon, stand auf und ging aus seinem Büro. Liam folgte ihm einige Augenblicke später, ging aber nicht zurück zu seiner Familie ins Esszimmer, sondern vor die Tür.

Die eiskalte Winterluft tat ihm gut und holte ihn zumindest etwas zurück auf den Boden. Er ging die

Auffahrt seines Elternhauses entlang, lauschte den knirschenden Geräuschen, die seine Füße im Schnee verursachten, und war nach einiger Zeit an der Straße angekommen. Er wünschte sich nichts weiter, als in seinen Wagen zu steigen und zu Riley zu fahren, wo immer sie jetzt gerade sein mochte. Eine Pension in Fairview, das Four Reasons, erinnerte er sich. Er ging einfach weiter und hasste sich selbst dafür, dass er es nicht schaffte, von Joyce loszukommen. Dass diese falsche Schlange sogar seine Familie auf ihre Seite gezogen hatte. Er war der Ansicht gewesen, seinen Eltern nichts von ihren Affären zu erzählen, weil er nicht wollte, dass sie ihr Gesicht verlor. Er hatte ihr angeboten, ihr eine ordentliche Abfindung zu bezahlen, wenn sie ohne viel Aufsehen in die Scheidung einwilligte, doch Joyce war nicht blöd. Eine Abfindung, egal wie hoch, wäre irgendwann einmal aufgebraucht. Bei ihrem Lebenswandel vermutlich eher früher als später. Als seine Ehefrau hatte sie weiterhin unbegrenzten Zugang zu seinem Vermögen. Und das war beträchtlich. Wutentbrannt trat er gegen eine Mülltonne, die polternd umfiel und so gar nicht in die weihnachtlich erleuchtete Szenerie des noblen Wohnviertels passte, in dem seine Eltern lebten.

„Aber, aber, Liam, wer wird denn gleich so wütend sein?“ Liam drehte sich um und erschrak im ersten Augenblick. Der Weihnachtsmann stand hinter ihm. Er sah nach links und rechts und fragte sich, wo der auffällig kostümierte Mann plötzlich hergekommen war. Er hatte ihn nicht gesehen, als er vorhin doch an ihm vorbeigelaufen sein musste; vermutlich war es jemand, der hier von Haus zu Haus lief und Spenden für ein Kinderkrankenhaus oder so sammelte. Er sah den Weihnachtsmann an, und Rileys Bemerkung fiel ihm wieder ein, als sie in Betracht gezogen hatte, John wäre Santa Claus. Der Santa, der hier direkt vor ihm stand, war John wie aus dem Gesicht geschnitten, und auch die polternde Stimme hörte sich genauso an wie die des netten alten Mannes, der ihm seine Hütte im Wald in Beaver Creek vermietet hatte. Und das Kostüm, das er trug, sah ebenfalls genauso aus wie jenes, das er und Riley auf dem Speicher gefunden hatten. Der samtige Stoff, die goldene Gürtelschnalle, die auffälligen Knöpfe.

„Entschuldigung. War das Ihre Mülltonne? Ich komme für den Schaden wieder auf."

„Der Mülltonne ist doch nichts passiert." Der Weihnachtsmann deutete auf die Tonne, die in Reih und Glied mit ihren Kollegen dort stand, wo Liam sie vor wenigen Augenblicken weggekickt hatte. Er blinzelte zweimal. Wurde er langsam verrückt? Wer hatte die Tonne in so kurzer Zeit und so geräuschlos wieder an ihren Platz gestellt?

„Weißt du, Liam, Weihnachten ist die Zeit der Wunder, meinst du nicht? Und glaubst du, du hast dein eigenes Weihnachtswunder verdient?" Fragend sah Liam den Weihnachtsmann an. Woher zum Teufel kannte er überhaupt seinen Namen?

„Ich …“, begann er, doch dann brach er wieder ab.
„Keine Sorge, Junge, am Ende wird alles gut werden, auch wenn es zunächst nicht den Anschein hat“, sagte der Weihnachtsmann. In der Ferne hörte Liam Reifen, die quietschten. Er wandte sich kurz ab, um zu sehen, was da los war, doch er konnte nichts erkennen. Als er sich wieder umdrehte, war der Weihnachtsmann verschwunden.

Liam war aufgewühlt, als er zurück zu seinem Elternhaus kam. Er wollte die Trennung von Joyce, er wollte seinen Eltern die Wahrheit sagen und dieser Weihnachtsmann, dem er zuvor begegnet war … er wusste nicht, was er davon halten sollte. Konnte Riley am Ende doch recht haben? War es möglich, dass John der echte Weihnachtsmann war? Blödsinn. Er betrat sein Elternhaus, und als er über die Türschwelle ging, war es so, als würde sich eine Last auf seine Schultern absenken. Als er das Haus betrat, fällte er eine Entscheidung. Er würde die Feiertage noch mit Joyce und seiner Familie verbringen, die Scheidung dann aber durchziehen, egal, was seine Eltern von ihm halten mochten. Er liebte seine Familie. Aber das gab ihnen nicht das Recht, über sein Leben bestimmen zu können und ihn ins Unglück zu stürzen.
„Wo hast du gesteckt?“, fragte Joyce vorwurfsvoll, als er das Wohnzimmer betrat, in dem seine Frau und seine Mutter sich nun befanden. Wo sein Vater war, wusste

er nicht.

„Ich war ein Stück spazieren“, sagte er und befahl sich, ruhig zu bleiben. Nur noch ein paar Tage. Er setzte sich zu seiner Mutter auf die Couch und wünschte sich, die Zeit möge schneller vergehen. Er wollte nichts weiter, als nach Hause zu fahren und sich in eines der Gästezimmer des Hauses zu verziehen, um Joyce nicht ständig ansehen zu müssen.

„Und habt ihr schon Pläne für die Feiertage?“, fragte Emily und tat so, als würde kein Damoklesschwert über der Ehe ihres Sohnes schweben. „Am 25. ist das große Weihnachtsdinner bei uns, nicht vergessen.“

Liam nickte und versuchte ein Lächeln. Seit er den Entschluss gefasst hatte, seine Scheidung doch durchzuziehen – und sich danach auf die Suche nach Riley zu machen –, ging es ihm etwas besser. Im selben Moment begann Joyce' Telefon zu klingeln. Sie holte es aus ihrer Handtasche, warf einen verstohlenen Blick darauf und entschuldigte sich mit den Worten, es sei jemand vom Frauenverein und es gehe bestimmt um das Neujahrsbankett, das sie mit organisierte. Dann verschwand sie aus dem Wohnzimmer. Wut stieg in Liam auf. Er wusste, dass bestimmt wieder einer ihrer vielen Lover angerufen hatte, weil keine der Frauen des Vereins um diese Zeit anrief. Die Tätigkeiten des Frauenvereins beschränkten sich auf eine Zeit vor fünf Uhr nachmittags, wenn die Ehemänner alle noch bei der Arbeit und die Kinder in der Schule waren. Außerdem war das Neujahrsbankett längst fertig organisiert. Joyce

hatte ihm dreimal unter die Nase gerieben, wie aufwendig es nicht sei, alles „allein“ machen zu müssen, dabei hatte sie lediglich die Aufgabe gehabt, den passenden Blumenschmuck auszusuchen. Eine neue Woge Unmut überkam Liam. Joyce war sich so siegessicher in ihrem Handeln, dass sie noch nicht einmal mehr davor zurückschreckte, mit ihren Affären im Haus der Eltern ihres Mannes zu telefonieren. Diese Ehe war am Ende, und er wusste, dass es da nichts mehr zu retten gab. Er stand auf. Es machte keinen Sinn, bis nach den Feiertagen zu warten. Er musste es jetzt beenden. Und dann nach Fairview zu Riley fahren.
„Wo willst du hin?“, fragte Emily besorgt und erhob sich ebenfalls.
„Ich will etwas zu Ende bringen“, antwortete Liam.

Joyce hatte sich zum Telefonieren in die Bibliothek zurückgezogen, weil der weitläufige Raum mit den vielen Bücherregalen ihre Stimme am ehesten verschluckte. Als Liam den Flur entlanglief, hörte er sie flüstern. „Frauenverein“, dachte er verächtlich bei sich. Hätte Joyce tatsächlich mit jemandem vom Frauenverein telefoniert, hätte sie überdramatisiert und vermutlich so laut gesprochen, dass selbst die Dienstboten in ihren Einliegerwohnungen es mitbekommen hätten. Er ballte die Hände zu Fäusten, als er zwischen den Gemälden seiner Vorfahren hindurchging, die so großen Wert auf Stil, Etikette und Ansehen legten, dass sie es selbst dann noch vorzogen, eine Ehe aufrechtzuerhalten, wenn die Angebetete ganz offensichtlich mit halb Hartford vögelte. Was Lord William Masterson, sein Ururgroßvater, wohl von einer Frau gehalten hätte, die ihn betrog? Liam drückte sich an der Wand neben dem Bibliothekseingang entlang und lauschte. Gleißende Wut überkam ihn, als er seine Frau telefonieren hörte.

„Ich kann jetzt nicht, ich bin bei meinen Schwiegereltern“, sagte sie. Dann folgte eine kleine Pause.

„Das weiß ich. Mein Scheiß-Ehemann ist zu früh nach Hause gekommen. Ich hatte gehofft, er bleibt zumindest bis nach Weihnachten in diesem Nest, in dem er eine ‚Auszeit‘ brauchte.“ Wieder eine Pause.

„Wir können froh sein, dass er uns gestern nicht erwischt hat. Wäre er nur eine Stunde früher gekommen, dann wäre alles aus gewesen. Ich hätte eine verdammt gute Ausrede gebraucht, um ihn bei Laune zu halten.“ Pause. „Ich weiß, aber immerhin hast auch du etwas von meiner Ehe. Ich bin gerade dabei, dir den Sportwagen zu besorgen, den wir letzte Woche gesehen haben.“ Pause. „Es ist mir scheißegal, ob er etwas weiß oder etwas ahnt. Ich bin auf der sicheren Seite. Meine Schwiegereltern wissen nichts davon, und ich habe ihnen untergejubelt, dass Liam mich betrügt. Sie sind nicht gerade gut auf ihn zu sprechen. Glaub mir, Baby, wir haben eine schöne, sorgenfreie Zeit vor uns.“

Liam trat in die Bibliothek genau in dem Augenblick, als Joyce zur Tür sah. Ohne sich von ihrem

Gesprächspartner zu verabschieden, legte sie auf und sah ihn erschrocken, aber auch gefasst an.
„Ich werde die Scheidungspapiere noch heute abschicken“, sagte er wutentbrannt.
„Das wirst du nicht. Deine Eltern werden dich für immer verstoßen, wenn du es wagst, deine Frau zu verlassen, nachdem du sie betrogen hast.“
„Du hast mich betrogen, Joyce, die ganze Zeit über. Ich habe gehört, was du am Telefon zu diesem Typen gesagt hast. Du bist nur auf mein Geld aus, gib’s doch zu.“
Joyce sah Liam berechnend an.
„Dein Geld ist eben das Einzige, was an dir anziehend ist, du Schlappschwanz“, sagte sie. „Dein Geld ist es, das mich bei der Stange hält, das mich durchhalten lässt, wenn wir bei deiner verrückten Familie sind. Dein Geld ist es, warum ich Abende wie diese über mich ergehen lasse, mich von deiner verrückten Mutter zuschwafeln lasse und deinem rechthaberischen Vater zustimme, wenn er seine idiotischen Ansichten vom Stapel lässt. Es ist nur dein Geld, Liam, das ich will. Ich will weder dich noch deine Eltern noch irgendetwas, was mit dir zu tun hat. Du kannst dir gar nicht vorstellen, wie sehr du mich anwiderst. Du kannst dir gar nicht vorstellen, wie es mich ankotzt, wenn du dich neben mich ins Bett legst. Der einzige Trost gestern, als du zurückgekommen bist, war, dass Ethan, mein Freund, mich kurz vorher hart rangenommen hat. Du bist das Allerletzte. Du hast noch nicht einmal die Eier,

jetzt deinen Mann zu stehen, und du wirst für den Rest deines Lebens für mich aufkommen."
Schockiert sah Liam Joyce an. Er hatte damit gerechnet, dass es ihr nur um das Geld und den Wohlstand ging, dass es ihr allerdings so leicht über die Lippen kam wie jetzt, überraschte ihn doch etwas. Wann aus der sympathischen jungen Studentin diese berechnende Schlampe geworden war, konnte er nicht mehr einordnen.

„Ich werde die Scheidung einreichen."

„Mach das ruhig. Deine Eltern werden sich von dir abwenden, und wenn du Pech hast, hat dein Vater einen zweiten Herzanfall, für den du dann verantwortlich bist." Sie lachte verächtlich. „Sieh es endlich ein, du bist mir ausgeliefert."

„Ich habe alles gehört, was du gesagt hast, Joyce", sagte Liam. „Glaubst du wirklich, du kommst mit dieser Masche durch?" Vor zwanzig Jahren, als er sie bei einer Vorlesung kennengelernt hatte, in der er irrtümlich saß, hätte er sich niemals vorstellen können, dass diese witzige und offene Person einmal so berechnend und eiskalt würde sein können.

„Na und? Deine Eltern glauben mir mehr als dir. Mach doch, lass dich von mir scheiden. Ich bekomme deine Eltern so weit, dass sie dich verstoßen und mich unterstützen. Eine tolle Idee. Warum bin ich darauf nicht schon früher gekommen? Ich werde mir das Haus krallen. Du kannst dir ein nettes abgewohntes Appartement in Queens suchen. Oder du kannst zu deiner kleinen Schlampe ziehen. Bestimmt hat sie in dem Loch, in dem sie haust, noch ein Plätzchen für dich frei.“

Liam dachte nach. Eine Woge der Wut überrollte ihn, doch er wusste, dass sie recht hatte. Sie war eine großartige Schauspielerin, und sie wusste, dass sie sich ihrer Sache sicher sein konnte. Würde es hart auf hart kommen, so würde sie ihm alles abnehmen, was nur möglich war.

„Ja, da guckst du blöd aus der Wäsche, was?“, setzte sie noch eins drauf. „Ich hole mir schon, was mir zusteht, und deine Eltern werden es mir mit Kusshand geben.“

„Darauf würde ich mich nicht verlassen.“ Liams Vater trat hinter einem Bücherregal hervor. Sein Blick war hart und kalt, doch diesmal richtete er ihn auf Joyce.

„Dad. Hast du etwa die ganze Zeit hier gestanden?“ Entgeistert sah Joyce ihren Schwiegervater an. Liam erkannte, wie ihre Züge entgleisten, und musste sich zusammennehmen, um nicht zu grinsen. Er dachte an den Weihnachtsmann, den er vorhin draußen getroffen hatte und daran, was er ihm gesagt hatte.

„Nenn mich nicht Dad“, sagte Waylon und wandte sich an Liam. „Es tut mir leid, dass ich dir nicht vertraut habe, mein Sohn.“

23. DEZEMBER

NOCH EIN TAG BIS HEILIGABEND

ZWÖLF

„Ich liebe das Fairviewer Weihnachtskino. Bereits im Frühling freue ich mich schon auf die Weihnachtsfilme, die Kekse, den heißen Kakao …“ Rose schwärmte bereits den ganzen Rückweg vom Gemeindezentrum über von der Veranstaltung, die Riley mit den vier Damen besucht hatte. Sie hatten dem Weihnachtskino von Fairview einen Besuch abgestattet, das jedes Wochenende zwischen Thanksgiving und dem Heiligen Abend die bekanntesten Weihnachtsfilme aller Zeiten zeigte. In dem festlich dekorierten Saal wurden Plätzchen und Kakao ausgeschenkt, davor boten einige Kunsthandwerkerinnen ihre Waren feil.

„Sie könnten sich nur mal was Neues einfallen lassen“, meinte Louise trocken. Die rüstige 81-Jährige nahm sich selten ein Blatt vor den Mund. „Das Weihnachtskino gibt es seit 1985 und sie haben seither kaum die Filme geändert. Man kommt sich immer vor, als würde man eine Reise in die Vergangenheit unternehmen.“

„Ach Louise, das stimmt nicht“, sagte Rose. „‚Verrückte Weihnachten‘, der Film von heute, stammt aus dem Jahr 2004.“

„Trotzdem“, meinte Louise, „ich hätte kein Problem damit, wenn sie diesen Streifen mit diesem Mr. Grey mal zeigen würden.“

„Aber doch nicht an Weihnachten“, rief Rose entgeistert.

„Hast du eine Ahnung. Gerade an Weihnachten“, mischte sich Alice ein und grinste.

„Ihr könnt dem Filmkomitee nächstes Jahr ja einen Vorschlag machen“, sagte Martha und wechselte dann das Thema. „Wer von euch hat Appetit auf Lachsbrötchen? Ich habe erst heute Morgen welche aus Joes Deli mitgebracht. Er hat die besten Lachsbrötchen aus ganz Fairview.“ Mit ihrem letzten Satz wandte sie sich an Riley.

„Ich glaube, wenn ich weiter so esse, platze ich noch“, sagte die. Miracle kam freudig miauend die Treppen herunter und lief auf ihr Frauchen zu, um sich von ihr hochheben zu lassen. Ins Kino hatte Riley die Katze natürlich nicht mitnehmen können, sodass sie es sich auf Rileys Bett gemütlich gemacht und auf deren Rückkehr gewartet hatte.

„Unsinn, du bist viel zu dünn“, stellte Louise fest. Zu meiner Zeit wollten die Kerle was zum Anpacken haben. Kannst du dir vorstellen, dass Marilyn Monroe heutzutage Größe 46 getragen hätte? Und die war doch wohl ein Prachtweib.“

Riley dachte an Joyce Masterson zurück, die Liam gehässig gefragt hatte, seit wann er auf Fette stand. Liam. Immer wieder gab es irgendeine Verbindung zu ihm, sodass er in ihren Gedanken aufblitzte. Riley hatte es nicht besser treffen können mit dem Four Reasons und den Ladys. Sie hatten es in den letzten beiden Tagen geschafft, Rileys Gedanken nicht allzu sehr zu Liam abschweifen zu lassen, und dennoch kam es hin und wieder vor, dass eine Erinnerung an ihn wie aus dem Nichts hervorplatzte. Am Vortag hatte sie gemeinsam mit Louise und Martha Weihnachtskekse gebacken und sie am selben Abend beim Keksbasar im Gemeindezentrum verkauft. Dabei hatte sie die zauberhafte Geschichte erzählt bekommen, wie Rachel Ryland ihren Mann Will hier im Four Reasons kennen und lieben gelernt hatte, wie die beiden das Four Reasons vor einer drohenden Pleite beschützt hatten und wie sie schließlich ihr ganz persönliches Happy End fanden. Riley hatte sich im Four Reasons ab der ersten Sekunde heimisch gefühlt. Sie half Louise beim Kochen, dekorierte mit Alice den Weihnachtsbaum und liebte es, gemeinsam mit den Damen abends vor dem Fernseher zu sitzen. Da alle vier absolute Naschkatzen waren, durften Plätzchen, Schokolade und Kuchen nie fehlen. Miracle wich Riley nicht von der Seite. Die Katze schlief bei ihr im Bett, saß während des

Fernsehens auf ihrem Schoß und freute sich wie eine Schneekönigin, wenn ihr Frauchen von einer Unternehmung zurückkam, bei der Katzen nicht mit von der Partie sein konnten.

„So, hier kommt unser Abendsnack“, sagte Martha, die mit einem silbernen Tablett aus der Küche kam. Auf dem Tablett befanden sich kleine belegte Lachsbrötchen. Außerdem eine Flasche Champagner und fünf Gläser. „Ich dachte, wir feiern, dass unsere Riley doch noch bei uns vorbeigekommen ist“, sagte sie und stellte das Tablett auf den Tisch.
„Aber ich bin doch schon zwei Tage hier.“ Riley lachte. Sie bemerkte, wie ein Grummeln in ihrem Bauch aufkam. Zwar hatte sie sich vorgenommen, die Lachsbrötchen Lachsbrötchen sein zu lassen, doch bei deren Anblick lief ihr bereits so sehr das Wasser im Mund zusammen, dass sie nicht widerstehen konnte.
„Wo wir gerade dabei sind“, fragte Louise, „sag mal, Riley, wo hast du eigentlich die Zeit über in Beaver Creek verbracht?“
„Bei eurem Freund. John“, antwortete Riley und nahm sich eines der Brötchen. Sie fand es seltsam, dass die alte Dame sich nicht mehr daran erinnern konnte, dass sie selbst es war, die den Kontakt zwischen John und Riley hergestellt hatte. Die vier Damen sahen sie an.
„Unser Freund in Beaver Creek, dem die Lodge gehört, heißt Clifford Allen“, sagte Alice leise. Riley sah die Damen erschrocken an.

„Seid ihr sicher? Als er am Bahnhof aufgeschlagen ist, fragte er mich, ob ich diejenige sei, die ihren Anschluss verpasst hat. Ich war mir sicher, dass dieser Mann von euch geschickt wurde.“ Riley erinnerte sich daran, wie sie sich gewundert hatte, dass John, so kurz nachdem sie mit Louise telefoniert hatte, am Bahnhof angekommen war. Sie hatte keine fünf Minuten warten müssen, hatte die Angelegenheit aber damit abgetan, dass Beaver Creek vermutlich eine so kleine Stadt war, dass alles nur fünf Minuten voneinander entfernt war.

„Ja, natürlich. Wir hatten Cliff angerufen. Nachdem er beim Bahnhof war, dort aber niemanden gefunden hatte, hat er zurückgerufen und uns gefragt, ob wir uns sicher seien, dass du in Beaver Creek gestrandet bist. Es gibt noch eine Nachbarortschaft namens Beaver Canyon. Wir dachten, möglicherweise wärst du dort. Wir konnten dich jedoch nicht erreichen, weil dein Handy tot war.“

„Du warst also bei jemandem namens John?“, fragte Martha.

„Genau“, sagte Riley, „er sagte, er betreibe einige Blockhütten in Beaver Creek, und bot mir eine an. Dort in der Nähe hab ich übrigens auch Miracle gefunden.“

„Ich kenne niemanden, der in Beaver Creek Blockhütten vermietet. Vielleicht jemand, der neu am Markt ist?“, fragte sich Rose.

„Außerdem ist Beaver Creek eine so kleine Ortschaft, dass Cliff seine Lodge kaum ausgebucht bekommt. Er hat nebenher noch einen Eisenwarenladen und seine

Frau betreibt die Post in Beaver Creek. Er hätte uns doch außerdem bestimmt informiert, wenn jemand Blockhütten im Wald vermietete."

Riley lief es eiskalt über den Rücken. Zusammen mit dieser Information, dass sie gar nicht bei dem Freund der vier Ladys übernachtet hatte und niemand diese Hütten im Wald kannte, die man in Beaver Creek mieten konnte, mutete die gesamte Geschichte gruselig an. Nichts hätte sie jetzt lieber getan und sich nach Liam erkundigt, ihm davon erzählt, dass es die Blockhütten im Wald offenbar gar nicht wirklich gab. Oder war sie tatsächlich in einem falschen Beaver Creek gelandet? Bestimmt gab es haufenweise kleiner Nester mit diesem Namen. Vielleicht hatte Louise auch etwas durcheinandergebracht und Clifford Allen lebte in einem ganz anderen Beaver Creek.

„Na, Hauptsache, es geht dir gut und du warst versorgt. Nicht auszudenken, wenn du irgendwo im Freien hättest bleiben müssen. Oder in irgendeiner fadenscheinigen Absteige gelandet wärst", sagte Alice.

„Ja, stimmt", erwiderte Riley. Eine Gänsehaut war ihren Rücken hinaufgeklettert. Die Tatsache, dass John nicht der Freund von den Ladys war, in dessen Pension sie hätte bleiben können, setzte ihr zu. Es war wie ein weiteres Puzzleteil in der merkwürdigen Geschichte, die sie in den letzten Tagen erlebt hatte und auf die sie sich noch immer keinen Reim machen konnte.

„Es muss doch schrecklich gewesen sein, ganz allein in einer fremden Stadt und noch dazu abgeschieden in

einer Hütte im Wald zu leben?“, fragte Alice.
„Na ja“, entgegnete Riley, „ich hatte ja Miracle. Und außerdem war ich nicht ganz alleine. Die Hütte war irrtümlich zweimal vermietet worden, es war noch ein weiterer Gast dort.“
„Ein weiterer Gast?“ Alice, die ihre Blicke nie von Männern lassen konnte, wie Riley in den letzten Tagen festgestellt hatte, horchte auf.
„Ja, ein Mann namens Liam Masterson. Wir haben uns ganz gut verstanden.“ Es schmerzte Riley, an Liam zu denken und so von ihm zu sprechen, als wäre er nur irgendjemand gewesen, der zufällig zur selben Zeit am selben Ort gewesen war. Was mochte er jetzt wohl machen? Wo war er? War er wieder glücklich vereint mit seiner Frau, dieser schrecklichen Joyce? Riley streichelte sanft über Miracles Kopf. Die Katze lag zusammengerollt auf Rileys Schoß und genoss die Streicheleinheiten.
„Und … was ist mit ihm? Ist er noch in der Hütte geblieben? Ganz allein?“, fragte Martha.
„Was viel wichtiger ist – war er heiß?“, wollte Alice wissen. Riley lächelte.
„Ja, er war sehr attraktiv. Und nett.“
„Und wieso hast du ihn nicht mitgebracht?“, fragte Louise.
„Weil seine Frau ihn zurück nach Hause geholt hat. Die beiden hatten offenbar vor, sich scheiden zu lassen, doch dann haben sie sich wieder versöhnt.“ Es fiel ihr von Wort zu Wort schwerer, über Liam zu sprechen,

was auch die Damen bemerkten.
„Wie dem auch sei, lasst uns den Champagner öffnen, Mädels. Morgen ist Heiligabend“, sagte Martha.

24. DEZEMBER

HEILIGABEND

RILEY

Der vierundzwanzigste Dezember brach an wie ein Bilderbuch-Wintertag. Dicke Schneeflocken rieselten vom Himmel, und schon als Riley kurz die Augen aufschlug, wusste sie, dass es wunderbare Weihnachten werden würden. Bislang hatte sie sich nicht vorstellen können, Weihnachten außerhalb von New York zu verbringen, weil der Big Apple für sie immer ein Sinnbild für Weihnachten gewesen war. Nicht umsonst spielte der Großteil aller Weihnachtsfilme, die sie kannte, in Manhattan. Nicht umsonst war das Rockefeller Center mit seinem Eislaufplatz und dem großen Weihnachtsbaum auf der ganzen Welt bekannt und nicht umsonst reisten jährlich unzählige Touristen über die Feiertage nach Manhattan, um nur ein Mal Weihnachten in diesem ganz besonderen Zauber verbringen zu können.

Den Vorabend hatte sie wieder damit verbracht, an Liam zu denken, doch dann war sie zu dem Entschluss gekommen, dass es für sie beide so oder so kein Happy End gab. Liam war verheiratet und hatte sich dazu entschlossen, seiner Frau noch eine Chance zu geben. Sie sollte sich eher für ihn freuen, als Trübsal zu blasen. Sie hatte das große Glück gehabt, ein Weihnachtsfest zu feiern, das sie eigentlich abgeschrieben hatte. Sie hatte sich selbst schon allein in ihrem Appartement bei Tiefkühltruthahn sitzen sehen. Stattdessen würde sie Weihnachten mit den quirligen vier Ladys aus dem Four Reasons feiern. Und sie hatte Miracle, das schönste Geschenk von allen. Sie hatte ein Lebewesen, das sich an ihrer Liebe erfreute und sie im Gegenzug selbst von Grund auf liebte. Ihr Blick fiel auf das schlafende Kätzchen, das zusammengerollt neben ihr auf dem Bett lag und so laut schnurrte wie ein Porsche-Motor. Sie streckte ihre Arme von sich und dachte an den Tag, der vor ihr lag. Am Vormittag wollte sie mit Louise und Rose noch ins Einkaufszentrum, um Geschenke zu besorgen. Sie würde einiges an Päckchen zu kaufen haben, da sie in all der Zeit vor Weihnachten völlig darauf vergessen hatte, Geschenke für ihre Familie zu kaufen. Bevor sie nach Fairview aufgebrochen war, war sie derartig in Nicht-Weihnachtsstimmung gewesen, dass sie sich noch nicht einmal Gedanken darüber gemacht hatte, was sie wem schenken konnte, und es immer wieder vor sich hergeschoben hatte, einkaufen zu gehen. Sie war sich sicher, dass sie in den hübschen kleinen Läden, die Fairview zu bieten hatte, bestimmt die eine oder andere Kleinigkeit für ihre Lieben fand. Riley setzte sich auf und warf einen Blick auf Miracle, die soeben erst wach geworden sein dürfte. Die schneeweiße Katze mit den blauen Augen gähnte ausgiebig und sah sie aus verschlafenen Augen an. Riley lächelte.

„Na, Miracle, hast du gut geschlafen?“, fragte sie die Katze, die mit einem munteren „Mau“ antwortete. Miracle war eine besondere Katze. Es schien so, als würde sie jedes Wort, das Riley zu ihr sagte, verstehen beziehungsweise sogar darauf reagieren. Auch für das Kätzchen wollte Riley noch ein Geschenk besorgen. Bestimmt fand sich in Fairview ein hübsches, weiches Kissen für sie und etwas zum Spielen.

„Dann lass uns mal aufstehen und sehen, was der Weihnachtsmann so für uns bereithält“, sagte Riley und kletterte aus dem Bett.

Eine halbe Stunde später liefen sie und Miracle die Treppen hinunter. Riley hatte frisch geduscht und Miracle hatte sich selbst einer Katzenwäsche unterzogen.

„Guten Morgen.“ Rose stand in der Küche und deckte

den Küchentisch.

„Guten Morgen, Rose“, sagte Riley lächelnd. Sie half mit, Teller und Gläser auf den Tisch zu stellen, und füllte dann Miracles Napf mit frischem Katzenfutter, das Martha ihr am Vortag mitgebracht hatte. Der kleine Tiger fiel wie ausgehungert darüber her und ließ es sich schmecken. Riley lächelte. Miracle konnte einem tatsächlich vermitteln, man habe vorgehabt, sie verhungern zu lassen, wenn man ihr beim Fressen zusah. Sie war überglücklich, dieses kleine Fellbündel an ihrer Seite zu haben, strich ihr sanft über den Kopf und bereitete dann mit Rose gemeinsam das Frühstück zu.

LIAM

Liam war bester Laune, als er in seinen Jeep stieg. So gute Laune hatte er seit Jahren nicht gehabt, hatte er vorhin beschwingt festgestellt, als er einem Weihnachtsmann fünfzig Dollar in seinen Spendentopf geworfen hatte, der sein Glück gar nicht fassen konnte. Er legte die Dokumentenmappe auf den Beifahrersitz und sah immer wieder zufrieden lächelnd darauf. Seit sein Vater Joyce vor zwei Tagen dabei ertappt hatte, wie sie mit ihrem Lover telefonierte und Liam zu erpressen versuchte, hatten die Dinge sich überschlagen. Liam hatte sich endlich mit seinen Eltern ausgesprochen und ihnen reinen Wein eingeschenkt, was Joyce betraf. Er hatte ihnen offenbart, dass er nur wegen seiner Familie einen Neustart mit Joyce hatte wagen wollen. Weil ihm die Werte, die seine Eltern ihm in seinen achtunddreißig Lebensjahren beigebracht hatten, eben doch wichtig waren. Dass er damals Arzt hatte werden müssen, weil er sich dazu berufen gefühlt hatte, und dass er sich sicher war, dass er als Politiker auf ganzer Linie versagt hätte. Er hatte die halbe Nacht bei seinen Eltern im Wohnzimmer gesessen und auf einer Ebene mit ihnen gesprochen, wie es nicht mehr möglich gewesen war, seit er sich dazu entschieden hatte, Medizin zu studieren, anstatt, wie von seinem Vater erwartet, in die Politik zu gehen. Ein unglaublicher Stein war ihm vom Herzen gefallen, als Waylon ihn schließlich in den Arm genommen und ihm gesagt hatte, dass er ihn liebte. Waylon Masterson war es auch gewesen, der den Kontakt zwischen Liam und Don Sheffield hergestellt hatte, einem Anwalt, der die Scheidung von Joyce spontan – vor zehn Minuten, um genau zu sein – vollzog. Trennungsgründe waren ja mehr als genug vorhanden und zu ihrem Pech bekam Joyce aufgrund ihrer Untreue gar nichts. Noch nicht einmal Unterhalt würde Liam bezahlen müssen, da das Gericht davon ausging, dass Joyce' neuer Mann – Ethan – für sie sorgen würde. Sie hatte wirklich alles versucht, ihn noch einmal herumzubekommen. Sie hatte ihn angebettelt, ihn angeschrien, ihn beschimpft und ihm sogar vorgeschlagen, ihm auf der Gerichtstoilette einen zu blasen. Doch Liam hatte dankend abgelehnt und seine Scheidungspapiere unterzeichnet.

Jetzt war er auf dem Weg zu Riley. Er wusste rein gar nichts von ihr, nur, dass sie für eine Kanzlei in Manhattan arbeitete. Und dass sie ursprünglich nicht nach Beaver Creek, sondern in eine Ortschaft namens Fairview wollte. Er hatte die ganze Nacht recherchiert, hatte Fairviews in Montana, in Santa Monica, in Seattle und in Idaho gefunden und schließlich jenes, das etwa zwei Zugstunden vom Bahnhof in Richmond lag. Dort gab es eine Pension namens „Four Reasons", die von vier alten Damen geführt wurde, und als Liam sich die Website des Hotels ansah, war ihm klar, dass Riley und Miracle nur dort sein konnten. Selbst über die Website strahlte die kleine Pension etwas unglaublich Heimeliges, Wohliges aus. Er machte sich noch nicht einmal die Mühe, ein Zimmer zu reservieren. Außerdem wollte er Riley überraschen. Er konnte an nichts anderes mehr denken als an sie. Daran, wie ihr wunderschönes Gesicht wohl aussehen würde, wenn er plötzlich vor ihr stand und sich für all das, was er ihr angetan hatte, aufrichtig entschuldigte.

Das Navi sagte ihm, dass die Fahrt gute siebeneinhalb Stunden in Anspruch nehmen würde, bei den aktuellen Wetterverhältnissen eher zehn, doch das war ihm egal. Er hatte sogar das Angebot seines Vaters ausgeschlagen, ihm einen Privatjet zu organisieren, der allerdings erst einen Tag später hätte abheben können. Er wollte unbedingt sofort zu Riley, wollte

Weihnachten mit ihr verbringen, sie nie wieder gehen lassen und keine Minute länger als nötig darauf warten, sie bei sich zu haben. Noch nie zuvor hatte er sich jemandem so verbunden gefühlt wie ihr, auch wenn sie sich nur wenige Tage kannten. So aufopferungsvoll, wie sie sich um Miracle gekümmert hatte, so stur, wie sie bei ihrem ersten Zusammentreffen gewesen war, und so leidenschaftlich, wie sie sich gegeben hatte, als sie miteinander schliefen, das alles waren für ihn Anzeichen, dass Riley die Richtige für ihn war. Bevor er die Stadt verlassen hatte, hatte er noch bei einer Zoohandlung haltgemacht und ein Katzenhaus für Miracle gekauft. Jetzt war er unterwegs und noch nie zuvor in seinem Leben so glücklich gewesen. Im Radio lief „Driving Home for Christmas“ und Liam sang laut, falsch und mit Leidenschaft mit. Unermessliche Weihnachtsstimmung hatte von ihm Besitz ergriffen, als er realisierte, dass er zu der Frau seines Lebens aufgebrochen war. Er trank von dem Kaffee, den er sich bei Starbucks geholt hatte, warf einen Blick auf das Navi, das ihm mittlerweile acht Stunden und neunundvierzig Minuten Fahrtzeit verkündete, und setzte ein breites Lächeln auf.

RILEY

Riley warf einen Blick auf ihre Einkaufsliste. Mit ihren Einkäufen war sie gut vorangekommen und so konnte sie bereits eine ganze Menge abhaken. Für Miracle hatte sie ein dickes, weiches Kissen aus rotem Samt, eingefasst mit einer goldenen Kordel, gekauft. Das Kissen schien perfekt für die kleine Diva zu passen, zu der Miracle sich inzwischen entwickelt hatte. Für ihre Mutter hatte sie eine wunderschöne Cameé gefunden, die sie in einem Antiquitätenladen entdeckt hatte. Ihr Vater bekam eine Flasche Fairview Brand Whiskey und für ihre Schwester und ihre Schwägerinnen hatte sie aus Emmas Little Bakery feine, handgemachte Pralinen besorgt. Fehlten nur noch ihre Brüder, ihr Schwager und natürlich die vier Ladys vom Four Reasons.

Riley liebte es, durch die kleinen Läden der Stadt zu schlendern und Geschenke auszusuchen, die sie sonst nicht gekauft hätte. Mittlerweile besorgte sie einen großen Teil der Geschenke online und die, die sie nicht über das Internet kaufte, holte sie in den großen Shoppingmalls, die es in New York zuhauf gab. Noch nie in ihrem Leben hatte sie Weihnachtsgeschenke in so kleinen Läden wie hier in Fairview ausgesucht, und noch nie im Leben waren es Geschenke gewesen, die so sehr von Herzen kamen wie jene in diesem Jahr. Es machte großen Spaß, für die vier Ladys Geschenke auszusuchen, und so hatte sie nach kurzer Zeit nicht nur eine der seltenen Biografien über Marilyn Monroe für Louise ergattert, die ein großer Fan der Filmdiva war, sondern auch eine Box mit 24 Weihnachtsfilmen für Rose, ein Parfum für Alice und ein wunderschönes Halstuch für Martha.

Riley spazierte die Bürgersteige entlang, kaufte in einem Café einen Karton mit leckeren Kuchenstücken, die sie mit den Ladys später an diesem Tag verspeisen wollte, und beim Metzger frisches Hackfleisch für Miracle, die mit Kuchen nicht sonderlich viel anfangen konnte. Dann traf sie Rose bei einer kleinen Bude, die Kakao und gebrannte Mandeln verkaufte. Sie bestellte sich eine Tasse heißen, dampfenden Kakao und eine Tüte mit den besten gebrannten Mandeln, die sie jemals

gegessen hatte.
„Na, Liebes, hast du deine Einkäufe alle erledigt?“, fragte die alte Dame, die wie immer ein freundliches Lächeln aufgesetzt hatte.
„Ja, alles geschafft“, antwortete Riley und klopfte auf eine der vielen Taschen, die sie bei sich trug. „Bislang habe ich es noch nie geschafft, alle Einkäufe an einem Tag zu erledigen. Für gewöhnlich fange ich immer schon im September mit den Weihnachtseinkäufen an, aber in diesem Jahr hatte ich irgendwie so gar keine Lust.“
„Und hast du denn schöne Dinge gefunden?“
„Ja. Alles, was ich gekauft habe, ist einfach perfekt. Es sind Geschenke, die von Herzen kommen und von denen ich weiß, dass sich meine Lieben drüber freuen werden. Außerdem habe ich noch etwas Kuchen besorgt, den wir fünf später verputzen können.“ Sie zeigte auf die Tüte aus der Bäckerei und schmunzelte. Langsam konnte sie sich mit dem Lebensstil der vier Ladys – Rachel hatte sie bei ihrem Zusammentreffen ihre „Golden Girls“ genannt – ziemlich gut anfreunden.
„Wunderbar. Dann lass uns hier einfach noch eine Weile stehen, Kakao trinken und den Moment genießen, was meinst du?“ Rose sah zum Himmel hinauf und den Schneeflocken dabei zu, wie sie sanft vom Himmel segelten. Riley nahm eine bunte Tasse mit dampfendem Kakao entgegen und genoss den ersten Schluck, der nach Schokolade, Zimt und nach Weihnachten ganz allgemein schmeckte. Sie lehnte sich

an die Bude und sah ebenfalls in den Himmel. Wieder einmal wurde ihr klar, welch großes Glück sie hatte – trotz allem, was ihr in diesem Jahr widerfahren war. Sie hatte Miracle gefunden und durfte Weihnachten in dieser ganz besonderen Stadt mit diesen ganz besonderen vier alten Damen feiern. Und dennoch schmerzte es sie, als für einen kurzen Augenblick Liam vor ihrem geistigen Auge auftauchte.

LIAM

Die Dämmerung hatte bereits eingesetzt, und in Liam erhärtete sich der Verdacht, dass er sich heillos verfahren hatte. Sein Navi war bereits vor einer Stunde ausgefallen, darum hatte er sich bei der nächsten Tankstelle, an der er vorbeikam, eine Dose Red Bull, ein Sandwich und eine Straßenkarte gekauft, die er jedoch mehr schlecht als recht lesen konnte. Der Kerl an der Tankstelle hatte ihm sogar geraten, umzukehren und sich ein Zimmer zu suchen, bis das Wetter sich wieder etwas beruhigte, weil es lebensmüde wäre, raus in die Pampa zu fahren ohne irgendwelche Ortskenntnisse und bei dem Wetter. Doch Liam wusste, dass er keinen Tag länger ohne Riley aushalten würde. Auch, wenn er sich gar nicht sicher war, ob sie ihn zurücknahm, nach allem, was sie seinetwegen hatte durchmachen müssen, so wurde er magisch von dem kleinen Örtchen Fairview angezogen.

Er fuhr gerade eine nicht besonders gut befestigte Landstraße entlang und schickte ein Stoßgebet zum Himmel, dass er den Jeep und nicht den Porsche genommen hatte, der noch bei ihm in der Garage stand. Zwar wäre der Sportwagen viel schneller in Fairview gewesen als der Geländewagen, doch bei dem Wetter war er lieber auf Nummer sicher gegangen. Gerade als er den Wagen um eine Biegung lenkte und feststellte, dass er sich im Niemandsland befinden musste, als er sich gar nicht mehr sicher war, ob er sich überhaupt noch in den Vereinigten Staaten befand oder doch auf einem anderen Planeten, begann der Wagen erst etwas zu stottern. Die Elektronik fiel aus und der Wagen kam schließlich nach einigen Metern zum Stehen. Liams Herz setzte einen Schlag aus. Das durfte nicht wahr sein. Er war den ganzen Tag über gefahren und musste nur noch etwa zwei Autostunden von Fairview entfernt sein und jetzt machte seine Karre schlapp? Sein Blick wanderte zur Tankanzeige, die noch fast randvoll war. Er hatte vollgetankt, als er sich zuvor an der Tankstelle mit Energydrinks und der Straßenkarte eingedeckt hatte. Er stieg aus, um einen Blick unter die Motorhaube zu werfen, doch er wusste, dass er ohnehin nicht sehr viel ausrichten konnte. Zum einen war er kein Automechaniker. Und zum anderen war es dunkel, bitterkalt und er hatte kein Werkzeug. Rauch quoll unter der Motorhaube des Jeeps hervor und Liam fächelte ihn mit der Hand zur Seite. Warum der Wagen rauchte, warum er stehen geblieben war und was ihm fehlte, konnte er nicht sagen, sodass er nach wenigen Augenblicken die Motorhaube wieder schloss und sich hinters Lenkrad setzte. Der Jeep war noch keine 20.000 Meilen gelaufen und erst vor einem Monat beim Service in der Werkstätte gewesen. Er fischte sich sein Handy aus der Mittelkonsole heran, hatte hier draußen aber keinen Empfang. Typisch. Man war zwar in der Lage, menschliche Gesichter zu transplantieren, wie Riley so treffend formuliert hatte, aber nicht, zu gewährleisten, überall in den Staaten zumindest etwas Handyempfang zu haben. Draußen war es eiskalt. Als der Wagen noch gelaufen war, hatte er bei der Temperaturanzeige einen Wert von -14 Grad Celsius abgelesen. Er hatte zwar einen dick gefütterten Parka an, doch dauerhaft würde der ihn nicht vor der Kälte schützen. Ganz im Gegenteil, wenn er längere Zeit hier in seinem Auto festsaß, würde es drinnen nicht sehr viel wärmer sein als draußen, wenn die Heizung nicht funktionierte. Der Wagen begann bereits leicht auszukühlen und Liams Fingerspitzen wurden kalt. Wenn er tatsächlich hier ausharren musste, bis jemand vorbeikam, der ihm half, würde er sich im besten Fall eine ordentliche Unterkühlung zuziehen, im schlimmsten Fall … Daran wollte er gar nicht denken. „Scheiße“, rief er und schlug wütend gegen das Lenkrad. Er konnte hier nicht bleiben. Er würde erfrieren, wenn er einfach hier im Wagen wartete, bis jemand kam. Noch dazu war Heiligabend. Die Chance, auf dieser abgelegenen Straße jemanden zu treffen, der ihm helfen konnte, war schlecht bis null. Liam hatte keine Ahnung, wo genau er sich befand. Die Straßenkarte hatte ihm kaum geholfen, und er war sich gar nicht so sicher, ob die Straße, auf der er sich gerade befand, überhaupt auf irgendeiner Karte eingezeichnet war. Hätte man ihm eine Kinderkarte von Disneyland gegeben, wäre er wohl genauso weit gekommen wie bisher. Seine einzige Chance, weiterzukommen, war also, ein Stück zu laufen und zu versuchen, irgendwo Hilfe zu finden. Eine Siedlung vielleicht, eine Farm. Oder eine Straße, die dichter befahren war als jene, auf der er sich gerade befand. Er zog seinen Parka dichter um seinen Leib, als er ausstieg. Seine Reisetasche, in der sich neben Klamotten und Toilettartikel seine Scheidungspapiere befanden, schulterte er, dann ging er los.

Bereits als er die Biegung hinter sich gelassen hatte, an der sein Auto zum Stehen gekommen war, verließ ihn der Mut. Hatte er kurz zuvor noch gedacht, er würde sich in der Nähe einer Siedlung, eines Industriegebiets oder vielleicht einer Farm befinden, wo er Hilfe bekam, stellte er jetzt fest, dass er tatsächlich mitten im

Nirgendwo gelandet war. Weit und breit gab es nur ein offenes Feld. Alles war weiß. Er konnte nicht ausmachen, wo die Straße endete und wo das Feld anfing. Zudem schneite es mittlerweile so heftig, dass er keinen Meter vor sich sehen konnte. Er hatte also die Wahl zwischen Pest und Cholera. In bitterer Kälte weitergehen und darauf hoffen, irgendwo Menschen zu finden. Eine Chance, die zugegebenermaßen ziemlich gering war. Oder im Auto warten und darauf hoffen, dass irgendein Lonesome Rider ebenfalls hier unterwegs war und ihn auflas. Als er gerade resigniert zu seinem Wagen umkehren wollte, hörte er eine Stimme hinter sich.
„Hallo, Liam."

RILEY

„Nanu, habt ihr neue Gäste bekommen?“, fragte Riley, als sie in Rose’ kleinem, rotem Ungetüm, das tatsächlich neben ihr, Riley und Louise noch die zahlreichen Weihnachtseinkäufe, die die drei gemacht hatten, untergebracht hatte, stehen blieben. Vor dem Haus standen drei Wagen, alle mit dem Logo von Sixt, der Autovermietung, an der Seite.
„Nicht, dass ich wüsste“, sagte Louise. „Martha ist zwar die Herrin der Buchungen, aber sie gibt mir auf alle Fälle Bescheid, damit ich genügend zu essen einkaufe. Es muss sich um kurzfristige Gäste handeln, sonst hätte sie bestimmt etwas gesagt.“ Die alte Dame

stieg aus dem Wagen aus und öffnete den Kofferraum. Riley war erstaunt darüber, wie rüstig Louise mit ihren einundachtzig Jahren noch war. Man hätte sie gut und gerne für Anfang siebzig schätzen können. Sie holte ihre Tüten aus dem Kofferraum und Riley nahm ihr einige davon ab.

„Du bist ein gutes Kind, Liebes“, sagte sie dankbar. Riley war nicht gerade begeistert davon, dass neue Gäste hinzugekommen waren. Sie hätte sich sehr auf ein Weihnachtsfest mit den vier Ladys allein gefreut, gehofft, dass sie sie auch an Weihnachten von Liam ablenken würden. Wenn jetzt Full House herrschte, hoffte sie inständig, nicht wieder in ein Loch zu fallen.

Als die drei durch die Eingangstür kamen, herrschte im Inneren des Hauses reges Treiben. Es lief Weihnachtsmusik, es duftete nach Eggnogg und Kerzen brannten. Und Riley traute ihren Augen nicht. Die Gäste, die so unerwartet ins Four Reasons gekommen waren, waren nicht irgendwelche Fremden, sondern Rileys Familie. Sie alle waren da. Ihre Mutter und ihr Vater, die doch eigentlich irgendwo in der Karibik herumschippern sollten. Ihre Schwester Lisa und deren Freund Dan, die bei Dans Eltern eingeladen waren. Und ihre Brüder samt deren Frauen.

„Mum?“, fragte Riley skeptisch, als sie eintrat. Ihre Mutter drehte sich mit einem breiten Lächeln auf den Lippen zu ihr um und kam auf sie zu.

„Riley, Liebes. Es freut mich so, dich zu sehen. Gott sei

Dank haben wir alle es rechtzeitig geschafft."
Miracle kam die Treppe heruntergelaufen und maunzte Riley auffordernd an. Sie nahm die Katze hoch und streichelte sie.
„Warum seid ihr hier?", fragte Riley, als ihre Familie sich um sie versammelt hatte, als wäre sie ein Superstar und ihre Eltern und Geschwister Autogrammjäger.
„Wir haben gerade noch rechtzeitig erkannt, dass es eine ganz schlechte Idee ist, Weihnachten nicht mit der Familie zu verbringen", sagte Elaine. Riley sah ihre Mutter an.
„Aber Mum, ihr wart auf einer Kreuzfahrt. Wie ist es möglich, dass ihr jetzt hier mitten in Colorado seid?"
Elaine sah ihre Tochter einige Augenblicke lang an.
„Riley, du weißt, dass Dad und ich zwei Realisten sind, oder? Dass wir nicht an Zauberei oder so was glauben, ja?"
„Ja, das weiß ich. Aber was hat das damit zu tun, dass ihr eure Kreuzfahrt unterbrochen habt und hierhergekommen seid?"
Elaine setzte sich neben ihre Tochter in die beiden Lesesessel, die sich in der Leseecke des Wohnzimmers befanden. Charles Dickens' Weihnachtsgeschichte lag auf dem kleinen Beistelltisch, daneben ein Teller mit in Stanniol eingewickelter Schokolade. Riley wurde warm ums Herz bei all der Liebe zum Detail, die die Frauen hier walten ließen. Dann sah sie ihre Mutter an.
„Es war vor drei Tagen, als dein Vater und ich zum Captains Dinner eingeladen waren. Es war ein

wundervoller Abend und wir haben eine Menge netter Leute kennengelernt. Unter den Gästen war auch ein angemieteter Weihnachtsmann, der durch das Schiff lief, sich mit den Kindern beschäftigte und sich mit ihnen fotografieren ließ. Auch er war Gast des Kapitäns an jenem Abend."

Riley fühlte, wie die ihr bereits bekannte Gänsehaut wieder über ihren Rücken kroch. Sie wusste, was als Nächstes kam, war aber gespannt auf die Geschichte ihrer Mutter.

„Auf jeden Fall haben wir uns mit ihm unterhalten. Er sagte, sein Name sei John und er komme aus einem Ort namens Beaver Creek, keine Ahnung, wo das liegt."

Rileys Herz setzte einen Schlag aus. John. Beaver Creek. Der Weihnachtsmann. Das konnte doch alles gar nicht wahr sein, oder?

„Ist alles in Ordnung mit dir, Riley?", fragte Elaine. „Du siehst aus, als hättest du einen Geist gesehen."

„Nein, alles in Ordnung, Mum, erzähl ruhig weiter", sagte Riley, während ihr Gehirn versuchte, die Dimension dessen auszumachen, was sich ihr hier gerade offenbarte. Rein theoretisch wäre es natürlich problemlos möglich, dass ein zweiter Mann namens John als Weihnachtsmann auf einem Kreuzfahrtschiff anheuerte, der zufällig in Beaver Creek lebte. Und – wie viele Ortschaften mit dem Namen „Beaver Creek" mochte es in den USA wohl geben? Bestimmt war jenes Beaver Creek, in dem sie gewesen war, nicht das einzige, das so hieß. Doch Riley wusste, dass dem nicht so war. Das hier war kein gigantischer Zufall, keine Namensgleichheit und auch kein Missverständnis. Das hier war etwas anderes. Ein Wunder vermutlich.

„Na ja, wir kamen eben mit John ins Gespräch, haben uns über unsere Familie unterhalten, darüber, wie wir früher mit deinen Großeltern immer Weihnachten gefeiert haben. Wir sind in wunderschönen Erinnerungen geschwelgt und haben die ganze Nacht Weihnachtsfeste aus längst vergangenen Zeiten wiederaufleben lassen. So real, wie ich diese vergangenen Weihnachtsfeste vor meinem Auge gesehen habe, kannte ich es bisher nicht. Das war … viel mehr als eine Erinnerung. Die früheren Weihnachtsfeste haben uns irgendwie nicht mehr losgelassen und Dad und ich haben die ganze Nacht alte Erinnerungen aufgewärmt. Dann haben wir beschlossen, die Kreuzfahrt abzubrechen und das Weihnachtsfest mit dir zu verbringen. Bevor wir das Schiff im Hafen von St. Barth verließen, um zurück in die Staaten zu fliegen, passierte etwas Komisches. Wir haben den Steward nach dem Weihnachtsmann gefragt, der hier auf dem Schiff arbeitete, um uns bei ihm dafür zu bedanken, dass er uns nahegebracht hat, was wirklich wichtig ist. Wir wollten ihm sagen, dass wir Weihnachten mit unserer Familie verbringen und nicht mit Fremden an einem karibischen Strand. Da sagte man uns, es gebe keinen Weihnachtsmann auf dem Schiff. Und das Verrückteste war: Es konnte sich auch niemand daran erinnern, ihn gesehen zu haben. Noch

nicht einmal das Ehepaar aus Illinois, das wir kennengelernt haben, Ed und Bernise, die beiden waren mit uns beim Captains Dinner, konnten sich an ihn erinnern. Obwohl er zwischen Bernise und mir gesessen hat. Bernise meinte, da war niemand, aber … dein Vater und ich haben doch den ganzen Abend mit ihm gesprochen. Vermutlich waren die beiden froh, dass wir das Schiff verlassen haben; so wie die uns angesehen haben, haben sie uns für komplett irre gehalten.“
Ihre Mutter sah Riley verwirrt an.
„Aber das Verrückteste kommt erst noch“, fuhr sie fort. „Als wir zu Hause waren und unsere Flüge hierher buchen wollten, haben David, Jeff und Lisa angerufen. Auch sie hätten einen Weihnachtsmann namens John getroffen, hätten sich mit ihm über Weihnachten unterhalten und darüber, wie wichtig dieses Familienfest ist. Dass es nicht geht, jemanden an Weihnachten allein zu lassen. Also haben wir die ganze Mannschaft zusammengepackt und sind hierhergekommen. Du musst dir das einmal vorstellen, Riley. Lisa und Dan waren in Seattle. Jeff und Casey in Boston und David und Tiffany in Cincinatti. Und sie haben alle sechs zur selben Zeit diesen Weihnachtsmann, John, kennengelernt.“
„Wow“, sagte Riley nur. Die ganze Sache mit dem Weihnachtsmann war in Dimensionen übergegangen, von denen sie nie zu träumen und die sie nicht zu hinterfragen gewagt hätte.
„Übrigens, unsere Geschichte ist immer noch nicht zu

Ende“, fuhr Elaine fort. Riley fragte sich, was jetzt noch kommen konnte.

„Gestern Abend, als wir gerade dabei waren, zu packen, rief mich Tante Monique an.“

„Tante Monique?“ Riley mochte die Cousine ihrer Mutter, die für sie selbst immer so etwas wie eine mütterliche Freundin gewesen war.

„Ja. Und ob du’s glaubst oder nicht, als sie mit ihren Töchtern und ihrer Schwester beim Sternsingen war, haben sie sich mit einem Weihnachtsmann namens John über längst vergangene Weihnachtsfeste unterhalten. Sie haben sich ebenfalls daran erinnert, wie wunderschön die Feste früher immer gewesen sind bei deinen Großeltern, als die ganze Familie aus dem gesamten Land anreiste und wir alle gemeinsam gefeiert haben. Also haben wir beschlossen, eine neue Familientradition aus der Taufe zu heben und diese wunderschönen, großen Familienweihnachten wieder aufleben zu lassen.“

„Das heißt, Tante Monique ist ebenfalls hier?“ Riley setzte ein Lächeln auf.

„Tante Monique, Clarissa, Nathalie, ihr Verlobter Alex, ihre beiden Kinder und Stephanie mit ihrem neuem Freund. Sie sind ein bisschen später angereist und packen gerade aus. Du kannst sie gleich begrüßen.“

„Das ist großartig“, sagte Riley, die die großen Familienfeste immer wehmütig vermisst hatte.

„Du hältst uns jetzt bestimmt für verrückt, Riley, stimmt’s?“, fragte ihre Mutter. Riley lächelte.

„Aber nein, Mum. Wir haben Weihnachten. Und wenn es da keine Weihnachtswunder geben darf, die der Weihnachtsmann auslöst, wann denn dann?“

LIAM

Liam traute seinen Augen nicht, als er sich umdrehte. Er überlegte, ob er halluzinierte. Doch das war nicht der Fall. Er hatte auch keinen Alkohol getrunken, sodass ihm die Promille einen Streich hätten spielen können. Ein eisiger Schauer lief ihm den Rücken hinunter, als er in die freundlichen Augen von John blickte. Wie war der alte Mann hier herausgekommen? Was machte er hier mitten im Nirgendwo? Und warum war er ihm über den Weg gelaufen? John, der nicht seine normale Kleidung trug, sondern dieses Weihnachtsmannkostüm, das er und Riley vor einigen Tagen auf dem Speicher der Hütte gefunden hatten, lächelte ihn freundlich an.
„Keine Angst, mein Junge, der Weihnachtsmann tut niemandem etwas."
Es musste John sein. Dieser Weihnachtsmann hier hatte

dieselbe polternde Stimme wie sein ehemaliger Vermieter und das gleiche schelmische Funkeln in den Augen. Und er kannte seinen Namen. In Beaver Creek hatte er Rileys Gedankengänge, John könnte der Weihnachtsmann sein, immer als süß, aber unwahr abgetan. Er war immerhin achtunddreißig Jahre alt und ein beinharter Realist. Er wusste, seit er neun war, dass es den Weihnachtsmann nicht wirklich gab und dass der Typ, der einem die Geschenke brachte, das für ein paar Dollar Zubrot machte. Dass es seine Eltern waren, die den Brief, den er dem Weihnachtsmann geschrieben hatte, vom Fensterbrett nahmen und die Geschenke für ihn besorgten. Doch jetzt, wo dieser Mann, der zweifellos John sein musste und doch so unmöglich ein ganz normaler Mensch sein konnte, vor ihm stand, zweifelte er zum ersten Mal seit langer Zeit daran, dass es den Weihnachtsmann nicht gab.

„John?“, fragte er.

„Diesmal eher Weihnachtsmann“, sagte John lächelnd.

„Was machen Sie hier draußen?“ Liam spürte, wie ihm wärmer wurde. Hatte er vor einigen Sekunden noch gefroren, so fühlte es sich in Johns Nähe an, als würde er in eine warme Decke eingehüllt werden. John zwinkerte ihm durch seinen Rauschebart und die runde Nickelbrille zu.

„Ich bin der Weihnachtsmann und es ist die Nacht zum ersten Weihnachtstag. Ich habe zu tun, mein Junge.“ Es machte Liam fast verrückt, dass John ihm so ausweichend antwortete. In Wahrheit konnte er nicht der Weihnachtsmann sein. Vielleicht war er wirklich hier draußen irgendwo gebucht, um mit kleinen Kindern für Fotos zu posieren und sie zu fragen, was sie sich wünschten. Das war logisch und nachvollziehbar. Genauso wie die Tatsache, dass er hier mitten im Nirgendwo stand und sich mit dem Weihnachtsmann unterhielt.

„Und was treibt dich hier heraus?", fragte John.

„Wie bitte?"

„Was machst du hier? Mitten im Nirgendwo, mitten in der Nacht?"

„Ich … Mein Wagen ist liegen geblieben. Ich wollte mich auf die Suche nach einem Haus oder so machen, aber …"

„Hier draußen ist nichts", vollendete John Liams Satz.

„Genau, hier draußen ist nichts."

„Lass mich mal einen Blick auf deinen Wagen werfen, vielleicht kriege ich ihn wieder zum Laufen."

„Sind Sie Mechaniker?" Skeptisch sah Liam John – den Weihnachtsmann – an.

„Ich bin der Weihnachtsmann und reise in dieser einen Nacht um die ganze Welt, schon vergessen? Wenn ich kein Händchen für Autos habe, wer denn dann?" Er zwinkerte Liam zu und stapfte in seinen schweren Stiefeln Richtung Jeep.

„Ja, nur ist das dahinten ein Auto und kein Rentierschlitten", murmelte Liam leise.

Es waren tausend Gedanken, die über Liam

hereinbrachen, als er gemeinsam mit dem seltsamen Weihnachtsmann vor seinem Wagen stand. Er konnte sich immer noch nicht erklären, wie es möglich war, dass dieser Mann hier mitten im Nirgendwo vor ihm stand. Dass er dem Mann so ähnlich war, der ihm die Hütte in Beaver Creek vermietet hatte … und … dass er sein Auto auf wundersame Weise reparierte. Liam hatte mit eiskalten Fingern die Motorhaube geöffnet und der Weihnachtsmann hatte sich darüber gebeugt.

„Dann wollen wir mal sehen", hatte er gesagt, während er – wie jemand, der absolut keine Ahnung davon hat, was er gerade tut – in den Motorraum des Jeeps hineinsah.

„Oh, da haben wir den Übeltäter ja", sagte er schließlich.

„Wissen Sie, was mit dem Wagen ist? Was hat er?"

„Ja. Es ist der …. Moment mal, das hier muss weg und hier muss es sich anders anhören", murmelte der Weihnachtsmann vor sich hin. Liam war sich sicher, dass er ihn zum Narren hielt, als er etwas Schnee vom Boden aufhob und ihn dann in den Motorraum rieseln ließ.

„So, jetzt sollte er wieder laufen", sagte der Weihnachtsmann und schloss die Motorhaube. Liam sah ihn fast entgeistert an. Der Kerl da vorn musste verrückt und von allen guten Geistern verlassen sein.

„Wollen Sie mich veralbern?"

„Lass den Motor an, Junge, er läuft wieder", sagte der Weihnachtsmann siegessicher.

„Sie haben etwas Schnee in den Motorraum gekippt. Als ich den Wagen vorhin abgestellt habe, hat es unter der Motorhaube geraucht. Ich denke nicht, dass man diesen Schaden mit etwas Schnee reparieren kann.“
„Und ich denke, du solltest die Arbeit lieber den Profis überlassen und jetzt den Motor anlassen“, sagte der Weihnachtsmann. Liam wurde langsam sauer. Der Kerl hielt ihn doch zum Narren. Wo immer er auch hergekommen war. Er setzte sich hinters Steuer und schob den Schlüssel ins Zündschloss.
„Warum mache ich das überhaupt?“, fragte er sich, während er die Zündung umdrehte und der Motor losschnurrte wie Miracle, wenn sie eine besondere Leckerei vorgesetzt bekam.
„Was … wie …“, begann Liam ungläubig zu stammeln, „wie haben Sie das gemacht?“ Der Weihnachtsmann kam auf die Fahrerseite.
„Ich sagte doch, ich habe Ahnung. Übrigens, kannst du mich ein Stück mitnehmen?“ Liam sah ihn an. Diesen Mann – wer immer er auch sein mochte – mitzunehmen, war das Mindeste, was er tun konnte, und wenn der Kerl bis ans Ende der Welt wollte.
„Klar, springen Sie rein. Ich habe noch ein ganz schönes Stück Strecke vor mir.“
„Am besten, du rutschst rüber auf den Beifahrersitz. Du siehst ziemlich müde aus.“ Liam bemerkte tatsächlich, wie er langsam müde wurde. Es war ein langer, ereignisreicher Tag gewesen und die Stunde, die er hier draußen in der Kälte verbracht hatte, hatte ihn einige

seiner Energiereserven gekostet. Für gewöhnlich hätte er niemanden, schon gar keinen Fremden, seinen heiß geliebten Jeep lenken lassen, aber immerhin war dieser Kerl der Weihnachtsmann. Und er hatte die Karre überhaupt erst wieder zum Laufen gebracht.

„Gute Idee“, sagte er deshalb und kletterte auf den Beifahrersitz. Der Weihnachtsmann stieg ein und der Wagen gab unter seinem Gewicht ziemlich nach.

„Wohin wollen Sie überhaupt?“, fragte Liam. Er hatte sich in den Beifahrersitz geflätzt und bemerkte, wie angenehme Ruhe von ihm Besitz ergriff.

„Ich bin der Weihnachtsmann, schon vergessen? Und die Nacht ist noch jung. Ich muss heute noch überallhin.“

„Ich will nach …“

„Fairview, ich weiß.“ Der Weihnachtsmann sah ihn an und lächelte. Liam überlegte. Hatte er ihm gesagt, wohin er wollte? War dieser Mann wirklich John? Er wusste gar nichts mehr. Es waren Millionen Gedanken, die in diesem Augenblick auf ihn einprasselten, und eigentlich war ihm alles egal, solange er nur in Richtung Fairview – in Richtung Riley – fuhr. Er bemerkte, wie er langsam, aber sicher wegdämmerte. Es mussten noch einige Stunden Fahrt sein, und es war bestimmt nicht schlecht, wenn er ausgeruht in der kleinen Pension ankam, in der Riley sich eingemietet hatte. Er sah auf die Digitaluhr am Armaturenbrett. Es war kurz vor sieben. Vermutlich würden sie noch zwei, drei Stunden unterwegs sein.

„Schlaf etwas, mein Junge“, sagte der Weihnachtsmann, während er gemächlich die Straße entlangfuhr, „ich wecke dich, wenn wir angekommen sind. Riley wartet schon auf dich.“

Liam wollte fragen, woher John – der Weihnachtsmann – wusste, dass er zu Riley wollte, doch er war bereits so müde, dass er es nicht einmal mehr schaffte, seine Augen für eine weitere Sekunde offen zu halten. Er ließ sich in einen tiefen, erholsamen Schlaf fallen, der ihn Raum und Zeit vergessen ließ. Jingle Bells ertönte aus dem Autoradio, als er in den Schlaf hinüberdämmerte.

RILEY

Am Ende war es nun doch das große Esszimmer geworden, in dem das Weihnachtsessen im Four Reasons abgehalten wurde. Riley konnte ihr Glück gar nicht fassen, die Feiertage nicht nur gemeinsam mit ihren Eltern und Geschwistern, sondern praktisch mit der ganzen Familie feiern zu können. Hin und wieder drifteten ihre Gedanken zwar noch zu Liam ab, was ihr einen kurzen Stich in der Brust bescherte, aber diese Sache war etwas, was sie nicht ändern konnte. Er hatte seine Entscheidung getroffen und wollte einen Neuanfang mit seiner Exfrau wagen. Jetzt saß sie zwischen ihren Cousinen, spielte mit Nathalies süßen

Kindern und war zu dem Entschluss gekommen, dass sie es eigentlich ziemlich gut getroffen hatte.
„Hier kommt der Truthahn“, sagte Martha, als sie mit einem gigantischen Tablett ins Esszimmer kam. Die Gäste klatschten, und Rileys Vater stand auf, um das Tranchieren zu übernehmen. Riley lächelte. Miracle würde bestimmt selig sein, wenn sie ein Stück von dem Puter abbekam. Sie sah sich um. Als die Suppe – Kürbiscreme – serviert wurde, hatte sie ihr Schnäuzchen angewidert verzogen, als Riley sie hatte kosten lassen. Sie hatte sich auf einem Stuhl in der Ecke des Esszimmers zusammengerollt und wohl darauf gewartet, dass man andere Leckereien auftischte. Riley sah sich nach der Katze um, konnte sie aber im Esszimmer nirgendwo entdecken. Sie stand auf und ging aus dem Esszimmer. Es sah Miracle überhaupt nicht ähnlich, dass sie sich nicht in dem Zimmer befand, in dem es etwas zu essen gab. Ein mulmiges Gefühl beschlich Riley.
„Hat jemand Miracle gesehen?“, fragte sie, als sie das ganze Haus nach der Katze abgesucht hatte, doch niemand hatte eine Ahnung, wo der Stubentiger sich versteckt hielt.
„Vorhin lag sie noch dahinten auf diesem Stuhl“, meinte Clarissa.
„Ich weiß, aber jetzt ist sie weg.“
„Vielleicht ist sie ins Wohnzimmer gelaufen, weil ihr der Trubel hier zu viel wurde“, meinte Elaine.
„Sie kann doch nicht verschwunden sein“, sagte Riley.

Der Appetit war ihr vergangen. Ihre Katze an Heiligabend zu verlieren, war das Schlimmste, was sie sich vorstellen konnte.
„Sie ist ganz sicher hier irgendwo", sagte Alice. „Das Haus ist so voller Winkel und Ecken, bestimmt hat sie sich irgendwo versteckt. Lass uns nach dem Essen suchen."
„Wen suchen?" Lisa kam ins Esszimmer.
„Miracle. Meine Katze", schoss Riley aus der Pistole.
„Ach, die Katze? Ich hab sie vorhin rausgelassen. Sie saß vor der Tür und wollte wohl etwas Frischluft schnappen."
Riley riss die Augen auf.
„Du hast was?", rief sie.
„Hätte sie im Haus bleiben sollen?"
„Ja, natürlich hätte sie im Haus bleiben sollen", rief Riley aufgebracht. „Sie ist eine Hauskatze und sie kennt die Gegend nicht. Was, wenn sie sich verläuft oder von einem Auto überfahren wird?"
Lisa lief die Farbe aus dem Gesicht. „Es tut mir so leid, Riley, ich hatte ja keine Ahnung. Ich dachte nur, weil sie so sehnsüchtig zur Tür gesehen hat …"
Riley hörte ihrer Schwester nicht mehr zu. Sie stürzte aus dem Esszimmer, schlüpfte in ihren Mantel und ihre Stiefel und öffnete die Tür. Tatsächlich. Kleine Pfotenabdrücke führten vom Haus weg in die Dunkelheit. Es schneite stark und Riley konnte die Hand kaum vor Augen erkennen. Ihr wurde übel bei dem Gedanken, dass Miracle hier irgendwo draußen

war und die Gegend nicht kannte. Das Wetter war genauso schlecht wie damals, als sie versucht hatte, aus Johns Hütte abzuhauen. Sie wusste, dass die Chance, Miracle hier zu finden, äußerst gering war und mochte gar nicht daran denken, was der kleinen Katze alles passieren konnte. Sie konnte sich verlaufen und erfrieren, jemand konnte sie überfahren, sie konnte von einem Tier gefangen werden.

„Miracle?“, rief Riley und wusste nicht, was sie tun konnte, um ihre geliebte Katze zu finden. „Miracle, wo steckst du?“ Sie ging einige Schritte nach vorn und versuchte, den Spuren zu folgen, doch an der Straße vermischten sich Katzenspuren mit den Reifenabrücken von Autos und den Schuhabdrücken von Passanten, und Riley konnte nicht erkennen, wohin Miracle gelaufen war. Die kleinen Katzenspuren waren bestimmt die ersten gewesen, die der Neuschnee bedeckt hatte.

„Miracle, wo bist du, komm schon“, rief Riley verzweifelt. Sie musste die Katze finden und konnte sich gar nicht vorstellen, dass Miracle einfach so abhaute. In den letzten Tagen war ihr das Kätzchen kaum von der Seite gewichen. Und jetzt war sie einfach so weggelaufen? Sie musste weitersuchen. Würde sie jetzt aufgeben, würde sie ohne Miracle zurück nach Hause reisen müssen und sie nie wiedersehen. Sie bemerkte, wie ihr langsam kalt wurde. Ihre Finger und ihre Nasenspitze waren bereits ausgekühlt und ihre Zehen begannen ebenfalls Wärme zu verlieren. Aber egal. Selbst wenn sie die ganze Nacht über hier draußen verbrachte, sie würde nicht aufhören zu suchen, ehe sie Miracle nicht wieder in ihre Arme schließen konnte. Und sie würde Fairview nicht ohne ihre Katze verlassen. Es war seltsam. Normalerweise wich die Katze Riley nicht von der Seite, und wenn sie nach ihr rief, kam sie angelaufen. Jetzt schien sie wie vom Erdboden verschluckt zu sein.

Riley hatte fast eine halbe Stunde nach Miracle gesucht. Ihr war kalt und sie war durchnässt und durchgefroren. Sie war die Straße an beiden Seiten entlanggelaufen, hatte an Türen geklopft und den Wald hinter der Pension abgesucht, doch Miracle blieb weiter verschwunden. Resigniert ging sie mit hängendem Kopf zurück zum Four Reasons und versuchte gar nicht erst, die Tränen aufzuhalten. Vielleicht wollte Miracle auch einfach nicht gefunden werden. Vielleicht war sie ein Freigeist, eine Katze, die lieber durch die Wälder streifte und ihre Freiheit genoss, als in einem Appartement in Manhattan zu leben und immer einen Menschen an ihrer Seite zu haben. Aus der Ferne hörte sie ein leises Miauen. Sie hob den Kopf. Ein Kribbeln in ihrem Bauch machte sich breit und ein Stein fiel ihr vom Herzen. Das musste Miracle sein.
„Miracle? Miracle, wo bist du, komm“, rief Riley. Sie konnte nichts sehen. Der Schneefall hatte noch zugenommen und vor ihr war nichts als eine dichte, weiße Wand. Aber wenn Miracle hier irgendwo war, dann würde sie sie finden, egal, wie lange es dauerte.

Sie hoffte inständig, dass sie sich das Miauen nicht nur eingebildet hatte, doch nach einiger Zeit hörte sie es noch einmal. Zweifellos. Das war eine Katze. Das war Miracles „Miau“. Sie drehte sich nach rechts um und sah eine Gestalt auf sie zukommen. Eine große Gestalt mit einer schneeweißen Katze am Arm. Miracle. Riley fiel ein Stein vom Herzen. Jemand hatte ihre geliebte Katze gefunden und sie konnte sie wieder in die Arme schließen. Sie ging auf die Gestalt zu, die in einen dicken Parka eingehüllt war und kein Wort sagte.
„Mau.“ Miracle miaute wieder, und Riley hoffte, dass die Gestalt ihr die Katze überhaupt zurückgeben wollte. Egal. Sie würde ihren linken Arm dafür geben, dass sie Miracle wieder zurückbekam.
„Vielen Dank, dass Sie meine Katze gefunden haben“, sagte Riley, als sie vor der Gestalt stand. Es musste sich der Größe und der Statur nach um einen Mann handeln, doch der sagte kein Wort. Sein Gesicht war hinter einer dicken Kapuze im Dunkeln verborgen. Miracle schnurrte, als sie Riley sah, die nun ganz nah vor ihrer Katze stand.
„Wissen Sie, meine Schwester hat meine Katze irrtümlich rausgelassen, Miracle ist eigentlich eine Hauskatze. Noch dazu hier, wir sind nur über die Feiertage in Fairview, danach reisen wir nach New York. Nach Hause. Ich hoffe, Sie halten mich nicht für eine Irre, die ihr Haustier überall mit hinschleppt, aber ich habe Miracle – also die Katze – verletzt im Wald gefunden. Ich habe sie mitgenommen und wir haben sie

gesundgepflegt, dann hat Lisa gedacht, es wäre okay, wenn Miracle rausgeht, und jetzt bin ich einfach nur froh, sie gefunden zu haben und sie mit nach Hause nehmen zu können." Sie fragte sich, warum sie diesem Fremden, der immer noch stumm vor ihr stand und keine Gefühlsregung zeigte, überhaupt diese Geschichte erzählte. Die Kapuze war dem Mann etwas nach hinten gerutscht und Riley erkannte jetzt ein Lächeln auf seinen Lippen. Dieser Typ hielt sie bestimmt für verrückt. Dennoch sagte er nach wie vor kein Wort.

„Hast du bei dir zu Hause vielleicht auch noch Platz für einen Idioten, der so blöd war, die Frau seines Lebens gehen zu lassen?" Der Mann lüftete seine Kapuze und Riley erkannte Liam. Im ersten Moment konnte sie gar nicht glauben, wer hier vor ihr stand. Sie vermutete, dass sie träumte. Vielleicht war sie gefallen und dabei, zu erfrieren, und ihr Gehirn spielte ihr einen letzten Streich, machte es ihr leicht, vom Leben Abschied zu nehmen, indem es ihr vorgaukelte, dass Liam hier vor ihr stand, der doch eigentlich mit seiner Frau in Hartford sein sollte, seiner Ehe noch eine zweite Chance gab. Sie starrte Liam an, nicht fähig, ein Wort zu sagen. Miracle zappelte in seinen Händen und wollte zu ihrem Frauchen. Er setzte die Katze auf Rileys Armen ab.

„Was machst du hier?", fragte Riley, nachdem sie sich wieder gefasst hatte.

„Dich bitten, mir noch eine Chance zu geben", antwortete Liam.

„Und … deine Frau?“
Ein zufriedenes Lächeln zeichnete sich auf seinen Lippen ab.
„Ich kann höchstens mit einer Exfrau dienen. Frisch geschieden seit heute Morgen.“
„Was?“ Riley stimmte in sein Lächeln mit ein.
„Aber … wie … hast du das alles in so kurzer Zeit geschafft?“
Liam sah sie an.
„Alles ganz einfach. Aber … ich muss zugeben, ein bisschen Magie war schon dabei“, sagte er, ehe er sie an sich zog und sie küsste.

EPILOG

Riley blickte zur Tür und sah gerade noch eine rot glitzernde Girlande vorbeihuschen. Sie grinste und verließ das Wohnzimmer, wo sie gerade dabei war, die letzten Geschenke einzupacken. Shakin' Stevens' „Merry Christmas everyone“ schallte aus der Musikanlage. Auf dem Flur ertappte sie Miracle und ihren neuen Freund, den kohlrabenschwarzen Kater Milow, den sie und Liam aus dem Tierheim geholt hatten, wie sie gerade dabei waren, sich in der Girlande zu verheddern. Die beiden sahen aus wie zwei pelzige Weihnachtselfen.

„Habt ihr die schon wieder vom Baum stibitzt?“, fragte sie lächelnd, während sie die Katzen aus dem Baumschmuck pflückte. Sie ging durch das Haus und warf im Vorbeigehen einen Blick auf das Esszimmer. Sie war etwas nervös, als sie auf die bereits jetzt gedeckte Tafel für zweiundzwanzig Personen blickte, an denen in wenigen Stunden nicht nur ihre Familie, sondern auch Liams sitzen und das Weihnachtsfest feiern sollte. Sie blickte nach oben auf die Galerie des Hauses. Die Galerie war das Erste gewesen, das sie damals gesehen und in das sie sich verliebt hatte, als sie und Liam das Haus im Mai besichtigt hatten. Es war für sie fast unglaublich, dass sich ihr Jahrestag heute zum ersten Mal jährte.

Die Tür ging auf und Liam kam herein.
„Puh, da draußen ist es eiskalt“, sagte er, zog Riley an sich und küsste sie. Ein warmes Gefühl überkam ihn, als er an den Verlobungsring dachte, den er soeben beim Juwelier abgeholt hatte. Außerdem hatte er einen Umschlag in der Hand.
„Ist an uns beide adressiert“, sagte er und reichte ihn Riley. Miracle und Milow hatten sich zu ihnen gesellt und sprangen zu ihnen auf die Couch, als Riley den Umschlag öffnete.
„Kein Absender“, sagte sie, „seltsam.“ In dem Umschlag befand sich ein einmal gefaltetes Papier, aus dem zwei Polaroids herausfielen. Sie warfen einen Blick darauf.

„Das kann doch nicht wahr sein“, sagte Riley. Die beiden Fotos zeigten einmal ein Mädchen mit dem Weihnachtsmann und einmal einen Jungen – ebenfalls mit dem Weihnachtsmann. Riley erkannte sich selbst auf dem einen Bild sofort wieder und erinnerte sich sogar an das Fest, an dem das Bild geschossen worden war. Es musste Anfang der Neunzigerjahre gewesen sein, und Riley hatte sich nichts sehnlicher gewünscht, als Reitstunden nehmen zu dürfen. Darum hatte der Weihnachtsmann ihr auch eine Reitausrüstung geschenkt und ihr den Reithelm aufgesetzt, den sie auf dem Bild trug. Auf dem zweiten Foto erkannte sie Liam als Jungen. Er schenkte dem Weihnachtsmann einen eher skeptischen Blick, als der vor ihm auf die Knie ging und ihm ein Päckchen reichte. Miracle hatte inzwischen begonnen, nach dem Brief zu tapsen, der mit den Fotos im Umschlag gewesen war. Riley nahm ihn, und als sie ihn las, zeichnete sich ein Lächeln auf ihren Lippen ab: „Fröhliche Weihnachten. Und streichelt Miracle von mir. John“.

LESEPROBE

Im Januar erscheint der nächste Pink-Powderpuff-Roman unter dem Titel „Liebe auf den zweiten Klick“ – es handelt sich dabei um den 4. Band der Glamerica Girls-Reihe. Hier gibt es eine exklusive Leseprobe:

PROLOG

„Okay, die aktuellen Themen hätten wir somit vergeben“, sagte Dean Maddox und knüllte ein Blatt Papier zu einer Kugel zusammen, die er vor sich auf den Tisch im Besprechungszimmer der Glamerica-Redaktion fallen ließ, „bleibt uns nur noch, einige Reportagen zu bestimmen, mit denen wir uns in den nächsten Ausgaben beschäftigen werden.“ Er sah erwartungsvoll in die Menge, um den Redakteuren Gelegenheit zu geben, Themenvorschläge zu machen. Schon so manche Knüllerreportage war zustande gekommen, weil einer der Reporter eine Idee in den Raum geworfen hatte.

„Wir könnten einen Artikel über Frauen bei der Armee machen“, rief Sandy Byers.

„Hatte die Sparkle schon vor einem halben Jahr. Wir kupfern nicht ab.“

„Wie wäre es mit einer Reportage über eine mexikanische Einwanderin, die hier ganz groß Karriere gemacht hat?“ Mia Cosworth sah Dean hoffnungsvoll an. „Erst kürzlich habe ich im Internet ein Forum gefunden, das vor solchen Erfolgsgeschichten förmlich platzt. Wenn wir uns eine dieser Frauen hierher einladen, haben wir etwas Zeitgemäßes, etwas, das zu Herzen geht und eine Reportage über eine Frau, die es geschafft hat, sich unter widrigsten Umständen von ganz unten hochzuarbeiten."

„So wie die über Consuela Suarez, die wir in der Februar-Ausgabe hatten?"

Mia senkte ihren Kopf. Wenn Dean Maddox etwas nicht leiden konnte, dann war es, wenn seine Reporterinnen sich nicht an Themen erinnern konnten, die erst vor kurzem in der Glamerica erschienen waren.

„Verdammter Mist."

Eine der Praktikantinnen, die wohl nur bei den Meetings anwesend waren, damit die Stühle gewärmt wurden, hatte ihr Handy in den Fingern und blickte verständnislos auf das Display. Das Mädchen, ihr Name war Leah Cooper, bemerkte gar nicht, wie Dean seinen massigen Körper von seinem Stuhl erhob und auf sie zuging, sie war weiter damit beschäftigt, auf ihrem Hand herumzuwischen und darauf einzutippen, als gäbe es kein Morgen. Erst, als Deans Schatten sich über sie senkte, blickte sie auf, während sie ihr Handy verstohlen vor sich auf den Tisch legte.

„Miss Cooper, was ist denn so aufregend, dass sie während unserer Redaktionssitzung auf Ihr Handy starren müssen?", fragte Dean.

„Gar nichts", versuchte Leah es, doch Deans Blick fixierte sie, „Ich meine … ich habe mich darüber geärgert, dass mein Tinder-Date das Match mit mir aufgelöst hat", trat sie schließlich die Flucht nach vorn

an.
„Ihr Tinder-Date“, wiederholte Dean.
„Ja“, bestätigte Leah eifrig, „wir haben uns Freitag kennengelernt und Samstag waren wir in einem Club. Es ist was gelaufen und jetzt meldet er sich nicht mehr. Ich dachte, er wäre vom Feiern durch und ich würde heute von ihm hören, aber jetzt gerade habe ich bemerkt, dass er das Match mit mir ausgelöst hat. Und ich hatte noch nicht einmal seine Telefonnummer. Wir waren ja nur über Tinder in Kontakt. Ich bin davon ausgegangen, dass wir uns wiedersehen.“ Fast kläglich sah Leah Dean an, so, als ob der eine Möglichkeit hätte, den abtrünnigen Romeo wieder an Leahs Seite zu verpflanzen.
„Ich sagte dir doch, dass du nicht so klammern sollst“, mischte sich nun Leahs Freundin Michelle Connor ein, „du hast den Typen am Samstag regelrecht belagert. Und gestern Nachmittag hast du dein Handy kaum aus der Hand gelegt und ihn ständig zugetextet, obwohl von seiner Seite aus gar nichts kam. Wundert mich nicht, dass er dich geblockt hat. Hätte ich auch gemacht.“
„Ach so? Na du musst es ja wissen. Dich matcht überhaupt keiner, weder auf Tinder noch irgendwo anders. Darum bist du ja schon seit zwei Jahren Single, Seit Johnny Wilcox dich am Abschlussball hat sitzen lassen.“
Es hatte den Anschein, als wäre die Redaktionssitzung der Glamerica zu einem ausgewachsenen Teeniedrama geworden.

„Was soll das denn jetzt bedeuten? Ich habe mit Johnny Schluss gemacht, weil er mit Laura Stern auf dem Rücksitz seines Wagens rumgemacht hat“, rief Michelle und wurde dabei puterrot.
„Das hat der doch schon die ganze Zeit über gemacht, als ihr miteinander gegangen seid“, rief Leah streitlustig.
„Meine Damen, meine Damen“, mischte Dean sich nun ein, „ich denke nicht, dass diese Diskussion hierher gehört. Beruhigt euch wieder und klärt diese Angelegenheit ein anderes Mal.“ Die beiden Mädchen senkten die Köpfe und waren still.
„Wie wärs denn mit einer Reportage übers Onlinedaten“, fragte Maddie Spelling. Sie sah von ihren Notizen auf und Dean direkt an, der ihren Blick erwiderte. Es schien so, als ob er sich das Thema durch den Kopf gehen ließ, überlegte, ob es Sinn machte, dem Onlinedating eine ganze Reportage zu widmen. Dann zeichnete sich ein Lächeln auf seinen Lippen ab.
„Klasse Idee, Spelling“, sagte er, „man könnte verschiedene Datingplattformen testen und vorstellen, vielleicht auch ein paar Typen treffen und ihre Beweggründe für eine Registrierung auf einer Datingseite hinterfragen. Heilige Scheiße, man könnte einen Typen daten und quasi eine Art „Leitfaden“ entwickeln, wie ein Online-Date erfolgreich wird“, rief er schließlich verzückt aus. „Hast du Lust auf dieses Projekt?“
Maddie lächelte.

„Ich denke, Mark wäre es nicht recht, wenn ich schon so kurz nach unserer Hochzeit diverse Kerle daten würde", sagte sie. Ihren Ehemann Mark hatte Maddie ebenfalls über eine Reportage in der Glamerica kennengelernt. Damals hatte sie einen ziemlich gnadenlosen Artikel über den Musicalstar verfasst, der ihn in den falschen Hals bekommen und sie daraufhin sogar mit dem Auto angefahren hatte. Am Ende der Geschichte waren die beiden vor dem Traualtar gelandet.
„Meinst du wirklich, dass er so pingelig ist?", fragte Dean.
„Wenns ums daten von anderen Typen geht, ja", sagte Maddie bestimmt. Außerdem hatte sie keine große Lust, sich mit anderen Männern zu verabreden, wo sie mit ihrem absoluten Traummann verheiratet war.

Im nächsten Moment wurde die Tür aufgerissen.
„Sorry, ich bin ich Stau gesteckt. Und meine Katze hat ein ganzes Paket Schmelzkäse aufgefuttert und meine Küche vollgekotzt, sodass ich heute früh noch einen Putzmarathon veranstalten musste." Eine Dunkelhaarige kam ins Besprechungszimmer gestürzt und machte einen chaotischen Eindruck. Ihr Haar hing wirr in ihr Gesicht, ihre Tasche hatte sie windschief um ihre Schulter geschlungen und in ihren Händen befanden sich ein Handy, ein Notizblock, ein Kugelschreiber, ein Schokomuffin und eine Flasche Wasser. Ginger Young war Lifestylereporterin und hin

und wieder das wandelnde Chaos. Und gleichzeitig die Beste in ihrem Ressort. Sie testete angesagte Gadgets ebenso wie Luxushotels, hatte an Weihnachten eine komplette Kampagne um die begehrtesten Geschenke vorzustellen und war immer up to date, was Neuheiten aller Art betraf. Dean blickte auf. Er konnte es nicht leiden, wenn jemand zu spät zu den Meetings kam, küchen-vollkotzende Katzen hin oder her. Er sah Ginger streng an, die versuchte, seinen Blick mit einem Lächeln aufzuweichen, während sie eine Haarsträhne aus ihrem Gesicht pustete. Schließlich hellte sich Deans Gesicht doch noch auf.
„Young, schön dass du da bist. Ich habe ein neues Projekt für dich!“

1

„Wie war dein Wochenende?“ Maddie kam in das Büro, dass sie und Ginger sich teilten und stellte einen großen Becher Kakao auf ihren Schreibtisch.
„Ganz nett. Meine Tante und mein Onkel feierten ihren dreißigsten Hochzeitstag – Familienfest also. Und deins?“
„Mark und ich waren das Wochenende über in Vermont. Diese Woche beginnen die Proben für sein neues Stück, das werde ich wieder etwas weniger von ihm haben“, antwortete Maddie, sah fast etwas zerknirscht drein und nahm einen großen Schluck aus ihrem Kakaobecher.
„Ach ja, er hat die Hauptrolle in „Vampires“, richtig?“, fragte Ginger.
„Genau. Mein Mann als blutsaugender Vampirgraf, kannst du dir das vorstellen?“
Ginger lächelte. Maddie hatte mit Mark den absoluten Volltreffer gelandet. Mark Spelling war nicht nur der begehrteste Bühnenschauspieler, den der Musicalmarkt derzeit zu bieten hatte, er sah gleichzeitig auch unglaublich heiß aus und war obendrein richtig nett und sympathisch, auch, wenn er Maddie zu Anfang ihres Kennenlernens das Leben ganz schön schwer gemacht hatte. Ginger beneidete Maddie manchmal um Mark.

Ihr eigenes Liebesleben war eher auf dem Level einer achtzigjährigen Nonne, wobei die Nonne es vermutlich eher krachen ließ, als Ginger selbst. Ihre letzte Beziehung war über drei Jahre her und seither war ihr niemand mehr über den Weg gelaufen, bei dem es irgendwie gefunkt hätte. Ginger war vierunddreißig und mit den Jahren hatte sich der Gedanke in ihr manifestiert, dass es kaum noch möglich war, passende Kerle zu finden. Die, die was drauf hatten, waren längst glücklich vergeben oder verheiratet, wenn sie in ihren Dreißigern oder Vierzigern waren. Und diejenigen, die noch zu haben waren … nun, bei denen gab es auf der Hand liegende Gründe, wieso sie immer noch nicht unter der Haube waren. So war es dazu gekommen, dass Ginger anstelle eines Mannes, zwei dicke fette Kater an ihrer Seite hatte, die bisweilen Schmelzkäse inklusive Verpackung auffraßen und daraufhin die Küche vollkotzten.

„Es wird bestimmt toll. Sobald es Karten gibt, musst du mir Bescheid sagen, das will ich mir nicht entgehen lassen."

„Du bist längst als VIP bei der Premiere eingetragen." Maddie zwinkerte ihrer Freundin zu. Als Mark sie damals angefahren hatte, hatte Ginger sich rührend um Maddie gekümmert. Und als sie und Mark sich vorübergehend getrennt hatten, war es Ginger gewesen, die mit ihr gemeinsam Eiscreme aufgefuttert und sich gegen die Männerwelt verschworen hatte.

„Super, ich freu mich drauf."

„Übrigens, dein neues Projekt hab ich dir wohl eingebrockt“, sagte Maddie. Ginger sah sie fragend an. „Die beiden neuen Praktikantinnen hatten Streit darüber, wie man sich seinem Onlinedate gegenüber verhält, bevor du gekommen bist, da habe ich vorgeschlagen, eine Reportage darüber zu schreiben, quasi „die goldenen Regeln fürs Internetdating.“
„Tatsächlich? Seltsam, dass Dean mich dafür haben will. Ich meine, in unserem Alter hat man doch gar nicht mehr diesen Zugang zu Datingplattformen, wie man ihn beispielsweise hat, wenn man Anfang zwanzig ist. Wie Tinder funktioniert, weiß ich nicht einmal.“
„Vermutlich gerade deshalb“, schlussfolgerte Maddie, „du konzentrierst dich aufs Wesentliche. Du läufst nicht Gefahr, dich in irgendeinen Typen zu verlieben und dann den Bezug zur Realität zu verlieren. Und außerdem sind unsere Leserinnen zwischen dreißig und fünfzig. Die brauchen Infos aus der Sicht einer Frau in ihrem Alter – und nicht rosarote Wölkchen-Berichte von Zwanzigjährigen, die einen verliebten Blick vom Objekt ihrer Begierde erhalten haben.“ Maddie zwinkerte Ginger zu. „Hast du schon einen Plan, wie du‘s angehst?“
„Ich denke, ich werde mich mal durch ein paar Datingplattformen arbeiten und hier und dort ein Profil erstellen, um mit Typen in Kontakt zu gelangen“, begann Ginger. Tatsächlich hatte sie bereits, als Dean ihr die Reportage übertragen hatte, damit begonnen, sich ein Konzept zurecht zu legen. Sie fand das Thema

an sich gut geeignet, um darüber eine ausführliche Reportage zu schreiben. Bislang hatten Magazine sich nur daran gewagt, Datingplattformen an sich vorzustellen. Sie wollte einen Schritt weitergehen. Sie würde sich mit Kerlen verabreden und versuchen, zu ergründen, warum sie auf diesen Plattformen registriert waren. Warum sie online nach einer Frau suchten und was sie sich zu finden erhofften. Wie diese Typen tickten und was frau anstellen musste, um sie sich zu angeln – wenn sie das denn wollte. Es würde eine Menge Recherchearbeit bedeuten und bestimmt würde dieses Projekt einige seltsame Begegnungen mit sich bringen, doch Ginger war sich sicher, am Ende einen großartigen, interessanten Bericht abliefern zu können. Außerdem fand sie es ziemlich spannend, verschiedene Kerle zu treffen und ganz andere Gesichtspunkte zu betrachten, als jene, die üblicherweise bei einem ersten Date wichtig waren. Ginger nahm sich vor, hinter die Fassade der Kerle zu blicken um ihren Lesern das eine oder andere gebrochene Herz zu ersparen. Sie konnte mit Psychologen über das Verhalten der einzelnen Probanden sprechen und vielleicht eine Art Muster herausfiltern, das gleich zu Anfang erkennen ließ, welcher Typ es ernst meinte, und welchen man nach dem ersten Date nie mehr wieder sah.
„Ich bin mir sicher, du übertriffst dich wiedermal selbst“, sagte Maddie und packte ihr Notebook und eine Flasche Wasser in ihre Tasche.
„Musst du schon wieder los?“

„Ich hab um elf ein Interview mit James Franco, danach gehen Mark und ich essen. Ich werde so gegen zwei wieder im Büro sein, vielleicht wird's auch halb drei.“ Ginger sah ihre Freundin beeindruckt an. „Wow, James Franco“, sagte sie, während sie ein verschmitztes Lächeln aufsetzte, „ob der wohl auch auf Datingplattformen zu finden ist?“

Als der Vormittag in den Nachmittag überging, hatte Ginger bereits eine Menge Vorarbeit für ihr Projekt erledigt. Zunächst hatte sie ihr Konzept ausgearbeitet und es in einzelne Schritte zerlegt, die notwendig waren. Danach hatte sie sich einen Überblick über die gängigsten Datingplattformen verschafft, drei davon ausgewählt und sie genauer unter die Lupe genommen. Später würde sie Infos über den Hintergrund und die Handhabung dieser Plattformen in ihren Bericht einfließen lassen. Schließlich hatte sie sich für eine der Plattformen entschieden, auf der sie ein Profil erstellen und Männer kennenlernen wollte – Perfect Match. Perfekt Match erschien ihr für ihr Projekt am geeignetsten, da es am seriösesten wirkte. Ginger hatte bei ihrer Kurzrecherche ein unglaubliches Potential an Fakeprofilen entdeckt, die auf den meisten Plattformen zu finden waren. Leicht bekleidete Frauen mit fehlerhaften Texten waren da auf der Suche nach der ganz großen Liebe. Meistens hatten sie in ihren Kontaktlisten doppelt so alte und viermal so schwere Kerle, denen sie über ihre Gästebücher und Pinnwände virtuelle Herzen, Rosen und „Ich liebe dich"s schickten. Ginger ging davon aus, dass es sich bei diesen Profilen um solche handeln musste, die versuchten, die männlichen User abzuzocken, indem sie ihnen zuerst die große Liebe übers Internet vorspielten und dann aber mit plötzlichen Erkrankungen und notwendigen Operationen versuchten, Geld zu bekommen. Immer wieder fielen zahlreichen Männer auf diese Frauen hinein und schickten zum Teil Unsummen an anonyme Bankkonten ins Ausland, ohne weder die Frau noch das Geld jemals wiederzusehen. Auf der anderen Seite gab es fast ebenso viele Profile männlicher User mit Fotos von Prominenten oder mit Profilbildern, die nackte Oberkörper zeigten, die ein Sixpack zierte. Kerle, die jenseits der sechzig waren, aber in ihren Profilüberschriften nach Frauen suchten, die in jedem Fall unter dreißig, manchmal sogar unter fünfundzwanzig waren. Ginger wurde bereits nach wenigen Minuten auf diesen Plattformen klar, dass es Frauen, die tatsächlich nach einem ernsthaften, bodenständigen Partner suchten, so oder so ziemlich schwer haben dürften. „Perfect Match" war die einzige Plattform, auf der ihr solche Profile nicht aufgefallen waren. Zudem checkte die Plattform die Identität des Users, indem es einen Blick auf das jeweilige Facebookprofil – soweit vorhanden und verlinkt – warf und mittels eines kurzen Skype-Videochats prüfte, ob der User auch tatsächlich Fotos von sich eingestellt hatte. Alles in Allem schien Ginger „Perfect Match" die geeignetste Plattform für ihre Reportage zu sein, wenngleich ihr auch bewusst war, das es hier einige Nieten geben würde.

„Mit welcher Person, egal ob aus der Gegenwart oder der Vergangenheit, egal ob lebendig oder tot, würden Sie gerne einen Abend verbringen“, lautete eine der Fragen, die Ginger zu beantworten hatte. Sie musste drei Stärken und drei Schwächen an sich selbst nennen, ihren Beruf und ihre Ausbildung angeben und erklären, warum ihre Freunde ihre Freunde waren. Mithilfe von anklickbaren Kästchen konnte sie auswählen, wonach sie suchte und sich zwischen „Feste Beziehung/Ehe“, „Freundschaft +“ „Sexbeziehung“ „One Night Stand“ oder einer „platonischen Freundschaft“ entscheiden. Sie haderte ein bisschen mit sich, als sie ihr Häkchen bei „Feste Beziehung“ machte. Immerhin würde sie jemandem, der möglicherweise ernsthaft auf der Suche nach der großen Liebe war, vorgaukeln, sie würde dasselbe suchen. Aber das war nun mal ihr Job. Sie musste die Beweggründe von Menschen auf Datingplattformen hinterfragen und einen Leitfaden erstellen, wie man mit ihnen am besten umging, wenn mehr als nur ein einmaliges Treffen daraus werden sollte.
„Hey Ginger, kommst du mit Essen? Emma hat diese genialen Schokomuffins aus Stonehill Creek mitgebracht, auf die du so stehst.“
Ginger blickte von ihrem Computer hoch. Sie hatte

gerade ziemlich genau und umfangreich umschrieben, was sie auf Perfect Match suchte und wie der Mann sein sollte, über dessen Nachricht sie sich freute.
„Emma ist da? Ich wusste gar nicht, dass sie kommt.“
„Die Fashion Week steht vor der Tür, das kann sie sich doch nicht entgehen lassen“, lächelte die Fotografin Carlie Jennings, die mit einem Softwaremagnaten verheiratet war. Troy Jennings war eine ganz große Nummer am Softwarehimmel und hatte seinerzeit eisern um Carlies Herz gekämpft, nachdem er sich in der Vergangenheit ein paar richtig grobe Schnitzer geleistet hatte. Ginger überlegte kurz, ob sie „Troy Jennings“ in das Feld hätte schreiben sollen, in dem abgefragt wurde, mit wem man gerne einen Abend verbringen würde – egal ob tot oder lebendig, egal, ob jemand aus der Vergangenheit oder der Gegenwart und kicherte in sich hinein.
„Ich bin gleich da, lass mich nur noch schnell hier was fertigmachen“, sagte sie.
„Das Datingprojekt?“, fragte Carlie.
„Bingo.“
„Ich bin schon unglaublich gespannt auf deine Erkenntnisse. Ich denke, die Sache könnte spannend werden.“
„Glaub ich auch. Im Augenblick fülle ich ein Datingprofil aus.“ Sie grinste. Von Datingplattformen hatte Ginger bislang nicht viel gehalten, auch, wenn es mittlerweile gang und gäbe und überhaupt nicht mehr peinlich war, seinen Liebsten online kennenzulernen.

„Falls du für deine Studien fotografische Unterstützung brauchst, lass es mich wissen“, sagte Carlie lächelnd.
„Ich denke, die Typen wären nicht sehr begeistert davon, wenn ich sie zu allem Überfluss auch noch groß und breit in der Glamerica präsentiere“, lachte Ginger, „Ich hab ja schon mit meinen moralischen Grundsätzen zu kämpfen, indem ich ihnen vorgaukle, eine von ihnen zu sein. Eine Mittdreißigerin, die einfach nur nach der großen Liebe sucht.“
„Du ahnst ja gar nicht, wie viele Typen genau dasselbe tun“, sagte Carlie, „ich hab mal irgendwo gelesen, dass fünfundneunzig Prozent der Typen auf Datingplattformen, unabhängig davon, welchen Beziehungswunsch sie in ihrem Profil angeben, nur auf das eine aus sind. Und auch nicht sehr zimperlich mit den Bekanntschaften umgehen, die sie online machen.“
„Tatsächlich?“
„Scheinbar. Meine Cousine Tiffany war früher mal auf solchen Plattformen unterwegs. Sie meinte, es wäre so wie wenn du ein Auto probefährst. Viele sind zuerst absolut begeistert und angetan, dann triffst du dich und sobald du die Erwartungen nicht zu einhundert Prozent erfüllst, lassen sie dich fallen wie eine heiße Kartoffel. Zuerst erzählen sie dir das Blaue vom Himmel, und wenn ihnen eine Kleinigkeit missfällt, dann servieren sie dich ab – manchmal auf ziemlich derbe Art und Weise.“
Ginger nickte. Sie hatte einige Berichte überflogen, in denen diese Thematik ebenfalls aufgegriffen worden

war. Datingplattformen waren für viele so etwas wie die Obstabteilung im Supermarkt. Wenn ein Stück Obst den Anforderungen nicht zu 100 Prozent entsprach, wurde es wegegelegt und mit gleicher Sorgfalt gleich das nächste angenommen. Sie war gespannt, welche Erfahrungen sie selbst machen würde, hoffte aber doch inständig, dass sie zumindest ein passendes Exemplar für ihren Bericht kennenlernte, an dem sie beweisen konnte, wie ein Typ von einer Datingplattform tickte und wie vor allem eine Frau sich verhalten musste, um ein – oder mehrere – Folgedates zu ergattern.
„Also dann bis später – und beeil dich, nicht, dass am Ende noch alle Muffins weg sind.“ Carlie zwinkerte Ginger zu und verließ das Büro.

Wenig später gesellte sie sich zu ihren Freundinnen in die Cafeteria der Redaktion. Zuvor hatte sie noch ihr Datingprofil abgeschickt und bewusst darauf verzichtet, ein Foto hochzuladen. Sie wollte vermeiden, dass Typen sie nur wegen ihres Aussehens kennenlernen wollte oder darauf hofften, eine heiße Nacht zu ergattern. Außerdem glaubte sie, ohne Foto eher ernsthaftere Zuschriften zu erhalten, als mit. Wenn jemand ernsthaft an ihr interessiert war – und das würde sie nach den ersten paar E-Mails herausfinden – würde sie ein Foto nachschicken. Sollte niemand auf ihr Profil reagieren, so würde sie es einfach im Nachhinein mit einem Foto bestücken.

„Ginger, hey." Emma sprang auf und nahm ihre Freundin in die Arme. Sie liebte ihr Leben in der Kleinstadt Stonehill Creek, in die sie wegen ihrem Mann Josh gezogen war, zwar heiß und innig, doch sie vermisste auch ihre Glamerica Girls und die Redaktion in New York.
„Hey Em, was tut sich so am Land?" Ginger grinste.
„Alles bestens. Kürzlich hatten wir hohen Besuch im mittleren Westen."
Ginger und Carlie sahen Emma fragend an.
„Einer unserer ältesten Einwohner ist gestorben – sein Großneffe ist Ben Walker!" Emmas Gesicht zierte ein breites Grinsen.
„Ben Walker?" Carlie konnte es gar nicht glauben, „doch nicht etwa DER Ben Walker."
„Doch. Genau DER Ben Walker. Ich habe sogar ein Foto mit ihm gemacht." Emma zog wie ein verliebter Teenie ihr Handy hervor und scrollte durch eine Menge Bilder von ihrer Farm, den Tieren, die sie dort um sich hatten und ihrem göttlichen Ehemann, dem Kleinstadtsheriff Josh Ryder. „Hier ist es", rief sie verzückt und hielt es ihren Freundinnen unter die Nase.
Auf dem Bild war sie neben einem attraktiven dunkelblonden Mann zu sehen, den Ginger nur allzu gut kannte. Sie hatte jeden Film, in dem Ben Walker mitspielte, mehrfach gesehen. Ben Walker war der absolute Traum ihrer schlaflosen Nächte.
„Aber hat der nicht jetzt eine neue Freundin?", fragte Carlie. Ginger verzog das Gesicht. Sie hatte gelesen,

dass Ben seit einiger Zeit mit einer Frau aus einer Kleinstadt zusammen war, wollte es aber gar nicht so genau wissen. Immerhin war er IHR Traummann. Und nicht der irgendeiner Kleinstadtziege.

„Stimmt", sagte Emma und biss von dem Burger ab, den sie sich an der Theke geholt hatte. Seit sie in Stonehill Creek lebte, hatte sie gottseidank damit aufgehört, diesen unsäglichen Magerwahn zu verfolgen, der New York fest im Griff hatte. Früher hatte sie sich praktisch von Salat ohne Dressing und Mineralwasser ernährt und war viel zu dünn gewesen. Jetzt sah sie großartig aus – was vermutlich auch an der glücklichen Ehe lag, die sie mit Josh führte. „Er ist mit Piper Richardson zusammen, ihr gehört der Buchladen bei uns in Stonehill."

„Was, echt? Er hat sich einen Bücherwurm geangelt?", fragte Carlie.

„Ja. Und das, obwohl die beiden zunächst wie Feuer und Wasser waren. Sie konnten überhaupt nicht miteinander.

„Das heißt, Ben Walker ist öfters in Stonehill Creek?", fragte Carlie.

„Er ist sogar die meiste Zeit da. Nur, wenn er Drehtermine hat, ist er weg. Aber er und Piper wohnen mittlerweile zusammen in dem Haus seines verstorbenen Großonkels. Sie sind ein tolles Paar. Und Ben so unsagbar bodenständig. Ich hätte nicht erwartet, dass einer, der mit Hollywoodstars auf Du und Du ist und auf George Clooneys Hochzeit eingeladen war, so

nett und unkompliziert sein kann."
„Dann müssen wir Maddie dazu überreden, einen Bericht über ihn zu schreiben. Und ich komm mit und mache die Fotos." Carlie lachte.
„Und du, Ginger? Carlie hat mir von deinem neuesten Auftrag erzählt. Scheint spannend zu werden."
„Mal sehen", sagte Ginger und nahm einen Bissen von dem Sandwich, das sie sich an der Theke geholt hatte, ehe sie sich zu ihren Freundinnen gesellt hatte. Ich habe mich den ganzen Vormittag über durch Datingseiten gearbeitet. Jetzt raucht mir irgendwie der Kopf. Außerdem habe ich mir Tinder runtergeladen. Schräge Sache, irgendwie. Man entscheidet aufgrund von rein optischen Reizen, ob man jemanden kennenlernen möchte oder nicht."
„Aber so ist es doch meistens", sagte Carlie.
„Ja schon. Nur denke ich, dass man ein paar großartige Menschen versäumt, wenn man sich nur von Äußerlichkeiten leiten lässt. Ich meine, meine Großmutter sagte immer schon „Was nützt dir eine schöne Schüssel, wenn du nichts drin hast". Ginger lachte. Emma öffnete währenddessen ihre überdimensionale Louis Vuitton-Tasche und holte eine türkisfarbene Papiertüte mit einem weißen Emblem darauf hervor. „Shellys Bakery" stand in schnörkeligen, weißen Buchstaben darauf. Die Gesichter von Ginger und Carlie hellten sich auf, als Emma die Tüte öffnete und köstlich aussehende Schokoladenmuffins hervorholte.

„Oh Gott, ich dachte, du rückst nie damit heraus“, lachte Ginger und nahm selig den riesengroßen Muffin entgegen, den Emma ihr hinhielt.

„Für Carlie einer mit Himbeerglasur und für Ginger einer mit Nougatfüllung“, sagte Emma und verteilte die Muffins an ihre Freundinnen, die sämtliche Datingprobleme augenblicklich vergaßen.

Verabredung #1 Mr. „Was-im-Fernsehen-funktioniert-klappt-bestimmt-auch-in-real"

Liebe Leserinnen, im Laufe der Recherche für das Projekt „Traummann aus dem Internet" habe ich zahlreiche wirklich merkwürdige Verabredungen gehabt. Die merkwürdigsten möchte ich euch nicht vorenthalten.

Ich habe Mr. „Was-im-Fernsehen-funktioniert-klappt-bestimmt-auch-in-real", nennen wir ihn einfach Danny, relativ früh kennengelernt. Er war, das muss ich neidlos zugeben, jemand, der gut mit Worten umgehen konnte und jemand, der schon eine gewisse Art von Intellekt ausstrahlte. Wir haben uns also zunächst über E-Mail unterhalten und uns so gut verstanden, dass ich einem Treffen einwilligte, als er mich danach fragte. Zuvor wollte ich aber - um die Chemie zumindest halbwegs abzuchecken - noch mit Mr. „Was-im-Fernsehen-funktioniert-klappt-bestimmt-auch-in-real" telefonieren und auch hier überzeugte mich Danny auf ganzer Linie. Er war gebildet, selbstbewusst, charmant und humorvoll und er wusste, wie man mit Frauen umgeht. Das perfekte Objekt für meine Reportage, findet ihr nicht auch? Überdies schien er ziemlich gutaussehend zu sein, immerhin beschrieb er sich als 1.85 groß, sportlich, mit tiefblauen Augen und markantem Gesicht. Das Foto, das er mir vorab geschickt hatte, auf dem er im Auto saß und eine Sonnenbrille trug, war zwar nicht sehr aussagekräftig, aber Fotos sind das ja ohnehin nie. Außerdem fand ich Danny interessant, also sagte ich einem Treffen zu.

Wir hatten uns im Fiorinos verabredet, einer netten kleinen Pizzeria in der 82. Straße und ich war zuerst da. Ich gebe zu, ich war wahnsinnig aufgeregt, immerhin war ich ja der Meinung, mit einem wirklich großartigen Kerl verabredet zu sein. Ein kleiner Typ erschien plötzlich an meinem Tisch. Vollbart, spitze Nase, kleine Augen, pummelig. Der Kellner, wie ich annahm, sodass ich bei ihm zunächst ein Glas Wasser bestellte. Ich staunte nicht schlecht, als der vermeintliche Kellner sich als Danny vorstellte und mir gegenüber Platz nahm. Ich war so von den Socken, dass dieser Danny so absolut anders aussah, als jener, den ich erwartet hatte, dass ich nicht fähig war, etwas zu sagen. Selbstgefällig grinste der Kerl mich an, bestellte sich beim richtigen Kellner ein Glas Wein und glaubte wohl von sich, er wäre ein Gottesgeschenk an die Weiblichkeit. Das Sakko, das er trug, war voller Fusseln und hatte einen alten Fleck, von dem ich lieber nicht wissen wollte, woher er stammte. Außerdem … stank Danny. Ich weiß ja nicht, wie das bei anderen ist, aber ich neige dazu, zu duschen und mir die Haare zu waschen, bevor ich zu einer Verabredung gehe. Danny wohl offenbar nicht. Er müffelte. So richtige. Er müffelte wie jemand, der vor zwei Tagen zuletzt unter der Dusche gestanden hatte, doch auch das schien ihn überhaupt nicht zu stören. Auf die Frage, wieso er falsche Fotos von sich herumschickte, erklärte er mir, dass er nicht wollte, dass die Frauen sich gleich am Telefon und über sein Foto in ihn verliebte, weil es ihn nerve, ständig damit beschäftigt zu sein, Frauen abzuwimmeln, die nur hinter seinem Aussehen und seinem Geld her waren. Ich musste in mich hineinschmunzeln, denn ich kann mir nicht vorstellen, dass es eine Frau gibt, die hinter diesen Hobbit her wäre, weil er so gut aussieht (und müffelt). Auf jeden Fall wurde Danny nicht müde, den ganzen Abend über zu erzählen, was für ein toller Hecht er nicht wäre. Dass er sich vor Frauen nicht retten konnte und sich längst damit abgefunden habe, diese unglaubliche Wirkung auf die Weiblichkeit zu haben, die es ihm ermöglicht, jede Frau rumzubekommen, die er nur haben will. Er bildete sich natürlich ein, dass die Kellnerin ihn anbaggerte (was sie absolut nicht tat), und erklärte mir voller Inbrunst, dass ich mich nicht durch die Blicke der anderen Frauen gestört fühlen sollte - es ist eben so, wenn man mit ihm unterwegs wäre - Frauen würden ihn einfach nicht aus den Augen lassen können.

Natürlich kam Danny nicht umhin, mir zahlreiche Anekdoten aus seinem Liebesleben zu erzählen. So auch, dass er vor wenigen Wochen mit der Kindergärtnerin seines Neffen geschlafen hatte. Während des Frühlingsfestes im Kindergarten. Er hatte sich angeblich nur etwas zu trinken holen wollen, als die Kindergärtnerin ihm folgte und ihn in den Schlafraum zerrte, wo sie ihn verführte. Dasselbe wäre ihm auch schon in einem Friseursalon passiert, in dem gleich zwei Friseurinnen sich über ihn hergemacht hätten und während sie mit ihm „beschäftigt" waren, das „Geschlossen"-Schild an die Tür hängten, um nur ja nicht gestört zu werden. Natürlich hatte Danny, der tolle Hecht, Sex mit seiner Zahnärztin im Behandlungsstuhl und war gebeten worden, das Manhattan SPA in Zukunft zu meiden, weil die dort beschäftigten Mitarbeiterinnen nicht mehr „Herr ihrer Sinne" waren, wenn er eintraf. Ach ja, und erst kürzlich hatte er eine Bewerberin zum Vorstellungsgespräch in sein Büro eingeladen (er erzählte mir, er wäre Teilhaber einer ziemlich großen Immobilienkanzlei in Uptown – es stellte sich allerdings später heraus, dass er dort zwar arbeitete, jedoch nur für die Poststelle und die Ablage zuständig war), die unter ihrem Mantel nackt war und sich ihre Anstellung auf ganz besondere Art und Weise „verdienen" wollte.

Ich muss gestehen, ich habe ja bereits damit gerechnet, dass meine Dates, die ich im Zuge dieses Artikels werde haben müssen, „speziell" ausarten könnten. Dass jedoch gleich das erste so schräg verläuft, damit hätte ich nicht gerechnet.

Als wir den Abend schließlich beendeten –

ich war heilfroh und habe sogar die Rechnung übernommen, nachdem Danny sein Portemonnaie „vergessen" hatten, bot er mir an, mich nach Hause zu bringen, was ich zunächst ablehnte. Er ließ dann jedoch nicht locker, sodass ich mit einem etwas mulmigen Gefühl in seinen Wagen stieg. Ich meine, man hört ja so allerhand, und für gewöhnlich bin ich eher der vorsichtige Typ. Noch dazu, wenn mich ein Kerl so überhaupt nicht anspricht, wie dieser verrückte Danny. Er brachte mich also nach Hause und bat mich noch, kurz die Toilette benutzen zu dürfen, bevor er sich auf den Heimweg machte. Hmn. Würdet ihr jemanden, dessen Blase auf Erleichterung hofft, abweisen? Ich muss zugeben, recht war es mir nicht, Danny in mein Haus zu bitten, aber welche Ausrede hätte ich denn vorbringen können, ihn nicht aufs Klo gehen zu lassen? Also kam Danny mit, verschwand im Gästeklo und ich ging in die Küche, um die Katzen zu füttern. Ich nahm mir fest vor, Danny sofort aus dem Haus zu komplementieren, wenn er sich erleichtert hatte, gab meinen Katzen jeweils ein Schälchen Whiskas, über das sie sich gierig hermachten und ging dann zurück ins Wohnzimmer, um Danny einen schönen Abend zu wünschen.

Ich fiel aus allen Wolken, als ich sah, was mich da draußen erwartete. Unzählige Emotionen, Verwirrung, Verärgerung, Verblüffung … bis hin zu dem Drang, laut loslachen zu müssen, beherrschten mich.

Danny stand vor mir im Wohnzimmer. Splitternackt. Ich konnte nicht umhin, seinen Körper zu mustern und mich zu fragen, ob er denn tatsächlich glaubte, dass man jemandem wie ihm all die Märchen abnahm, die er mir erzählt hatte. Seine merkwürdige Figur, die eher an ein Quadrat als an einen Mann erinnerte, wirkte so nackt, wie Gott sie schuf, noch merkwürdiger. Sein ganzer Körper war über und über mit Haaren bedeckt - für mich ein absolutes No-Go, selbst, wenn Brad Pitt sich vor mir entblößt hätte. Sein massiver, überhängender Bauch kam jetzt voll zur Geltung und verdeckte das kleine bisschen Männlichkeit, das unter ihm hervorragte, fast. Dannys Penis war wohl das einzige an ihm, was wirklich dünn war. Er grinste anzüglich, wollte auf mich zugehen, doch ich blockte ihn ab und sagte ihm bestimmt, er solle sich jetzt anziehen und gehen. Verdutzt starrte er mich an.
„Aber … im Fernsehen funktioniert das doch auch immer", sagte er, fast etwas enttäuscht. Fragend sah ich ihn an, bis er mir erklärte, dass er bei „How I met your mother" die Folge „Der nackte Mann" gesehen hatte, in dem es einem Darsteller offensichtlich gelang, neun von zehn Frauen ins Bett zu bekommen, wenn er sich ohne Vorwarnung nackt auszog. Ich erklärte Danny, dass ich dann wohl die Nummer 10 von 10 sein musste und forderte ihn noch einmal nachdrücklich auf, sich wieder anzuziehen und zu gehen. Als er schließlich - wieder vollständig bekleidet - in meinem Türrahmen

stand, drehte er sich noch einmal um und meinte beschämt, dass bislang noch keine auf seinen „Nackten Mann" eingestiegen war.

2

Es war bereits nach neun, als Ginger an diesem Abend nach Hause kam. Sie hatte mit ihren Freundinnen noch einen Cocktail in der Bar neben der Redaktion getrunken und den Nachmittag damit verbracht, einen Artikel über ein neues Wellnesshotel in Connecticut zu überarbeiten, das in die nächste Ausgabe der Glamerica sollte. Sie hatte absichtlich etwas Abstand zu der Datingreportage genommen, um sich nicht zu sehr hineinzusteigern. Mit den Jahren hatte sie gelernt, dass es immer die bessere Entscheidung war, sich angemessen Zeit für ein Projekt zu lassen, als es übers Knie zu brechen und dadurch vielleicht zu versauen. Außerdem hatte sie den ersten Schritt für ihre Reportage bereits erledigt. Sie hatte das Datingprofil ausgefüllt und abgeschickt. Jetzt hieß es ohnehin warten, bis die ersten Interessenten sich meldeten. In den FAQs von Perfect Match wurde angegeben, dass es bis zu zwei Wochen dauern konnte, bis man eine Antwort erhielt. Die Plattform versprach aber, dass statistisch gesehen jeder User zumindest eine Antwort in seinem elektronischen Postfach vorfinden sollte.

Ginger schloss die Haustür auf und wurde sogleich von Sam und Puffles, ihren beiden Katern, begrüßt. Puffles, derjenige, der dem Schmelzkäse nicht hatte widerstehen können, sah bereits deutlich lebendiger aus als noch am frühen Morgen, als er kläglich alles wieder heraufgewürgt hatte, was er in der Nacht verputzt hatte. Das auch sein Appetit vollständig wiederhergestellt war, machte sich dadurch bemerkbar, dass der Kater laut anklagend miaute und so nach Futter verlangte. „Na ihr beiden, was habt ihr angestellt, während Frauchen nicht hier war?“, fragte Ginger die beiden Tiere, die laut schnurrend um ihre Beine strichen. Sie ging in die Hocke und streichelte die Kater, die sich über die Aufmerksamkeit freuten. Während sie sich eine Tiefkühlpizza in den Ofen schob, fütterte sie die Kater und nahm eine Dusche. Danach stellte sie den Fernseher an und verspeiste ihr Abendessen auf der Couch.

Eigentlich war es nur Gingers Neugier gewesen, die sie an diesem Abend, in einer Werbepause einer Folge „Devious Maids“ dazu brachte, ihr Notebook aufzuklappen und nachzusehen, ob ihr schon jemand über Perfect Match geschrieben hatte. Sie rechnete nicht damit, überhaupt eine Antwort bekommen zu haben. Immerhin hatten die anderen Frauen, die dort unterwegs waren, oft ganze Fotoalben hochgeladen, halbe Romane bei den Profilbeschreibungen verfasst und pflegten ihren Datingauftritt wie ihre Haut bei starker Sonneneinstrahlung. Dagegen hatte Gingers Profil ohne Foto und mit kurzen, knappen Texten wohl kaum eine Chance. Aber sie wollte nicht schon zu Anfang alles über sich verraten sondern noch Raum für persönliche Gespräche und E-Mails lassen. Außerdem wollte sie vermeiden, dass sie Opfer von sogenannten „Copy-and-Paste-Guys“ wurde, also Kerlen, die jeder auch nur halbwegs annehmbaren Frau denselben Text schickten und darauf hofften, von irgendeiner eine Antwort zu erhalten. Sie beschloss, ins Bett zu gehen, nachdem sie ihre Mails gecheckt hatte und musste zweimal hinsehen, als ihre Nachrichten fertig geladen worden waren. 162. Ginger traute ihren Augen nicht, als sie die E-Mail-Adresse, die sie eigens für Perfect Match angelegt hatte, abrief. Sie hatte innerhalb eines halben Tages tatsächlich 162 Nachrichten von interessierten Männern erhalten. Auf ein Profil ohne Foto und mit kurzen Texten. Sie konnte es kaum fassen, schaltete den Fernseher aus, um sich besser auf die Nachrichten konzentrieren zu können und öffnete die erste.

„Hallo, mein Name ist Manny und ich hätte gerne deine Telefonnummer, damit wir telefonieren können.“ Ginger stutzte. Dieser Typ fand es also noch nicht einmal der Mühe wert, etwas von sich zu erzählen, sondern wollte gleich ihre Telefonnummer haben? Sie surfte zu seinem Profil. Ein schmuddeliger Typ mit zerzausten, dunklen Haaren, einer dicken Brille und Segelohren grinste ihr entgegen. Dabei handelte es sich aber keineswegs um irgendwelche Scherzfotos, nein,

„Manny“ höchstpersönlich lachte ihr entgegen. Mal auf einem Fahrrad, mal mit einem Burger in der Hand und mal zwischen Oma und Opa vorm Weihnachtsbaum. Er suche eine Frau für Sex und wie sie aussah, wäre ihm egal, ging aus seinem Profil, das gespickt mit zahlreichen Rechtschreibfehlern nicht gerade eine Glanzleistung war, hervor.
„Tut mir leid, du bist nicht mein Typ. Aber danke für dein Interesse“, schrieb Ginger Manny zurück und war der Meinung, zumindest jedem eine Antwort auf seine Nachricht zukommen lassen zu müssen. Keine Minute, nachdem sie Manny geschrieben hatte, blinkte eine neue E-Mail auf. Er hatte es sich nicht nehmen lassen, Ginger noch einmal zu antworten.
„Das macht doch nichts, bekomme ich trotzdem deine Nummer?“, schrieb er. Nicht nur einmal oder zweimal, sondern im Sekundentakt. Offenbar handelte es sich bei Manny um einen Verrückten. Ginger blockierte ihn und stellte die E-Mail-Flut somit ab. Dann arbeitete sie sich durch die anderen Anfragen, löschte jene, die der von Manny ähnlich waren, weg, und sondierte die, die Fotos von ihren Penissen oder sonstige eindeutige Bilder geschickt hatten, ebenfalls aus. Sie war überrascht davon, welch Vielfalt sich für sie interessierte. Da gab es tatsächlich einen Neunzehnjährigen, der „mal eine richtig alte Frau ausprobieren“ wollte, und es gab einen zweiundachtzigjährigen, der „wiedermal Lust auf frisches junges Fleisch“ hatte. Viele der Typen, die Ginger schrieben, stellten gleich von vorn herein klar,

dass sie eigentlich nur ein sexuelles Abenteuer suchten, obwohl sie in ihrem Profil angegeben hatte, dass sie eine feste Beziehung haben wollte. Wie viele Kerle auch noch offenbarten, dass sie eigentlich in einer festen Beziehung oder gar verheiratet waren, aber trotzdem „ihren Spaß“ haben wollten, schockierte Ginger. Dann wiederum gab es Kerle, die ihr mehrfach denselben Text schickten und so vermutlich wahllos via copy-and-paste Frauen en masse anschrieben, ohne darauf zu achten, wen sie bereits kontaktiert hatten und wen nicht. Ginger seufte. Aus dieser Flut an Verrückten einen passenden Typen auszuwählen, der sich für ihr Projekt eignete, würde ganz schön schwierig werden.

Als sie das nächste Mal auf die Uhr blickte, war es bereits kurz vor Mitternacht. Sie war nun schon über eine Stunde dabei, Nachrichten auszusortieren und hatte bislang keinen einzigen Kandidaten gefunden, der sich für ihr Projekt eignen würde. Keine Frau, die halbwegs bei Verstand war, würde einen Bericht darüber lesen wollen, wie man soziopathische Typen wie diesen Manny und seine zum Teil noch schlimmeren Konsorten an sich binden konnte. Oder aber, wie man es anstellte, einen sexuell frustrierten, zweiundsechzigjährigen Ehemann ein paar schöne Stunden zu bereiten. Nein, sie brauchte jemanden, der es wert war, sich mit ihm zu beschäftigen. Einen attraktiven Mann, mitten im Leben, mit gutem Job, einer gehörigen Portion Humor und entsprechendem

Intellekt. Scheinbar waren diese Typen auf Perfect Match aber Mangelware. Sie öffnete die nächste Nachricht und fand zum ersten Mal einen Text vor, der über eine Zeile hinausging, aber doch nicht so konstruiert war, wie die anderen Nachrichten, die man ihr bereits geschickt hatte.

„Hallo Unbekannte", begann die Nachricht, „ich habe gerade wieder einmal auf Perfect Match vorbeigeschaut und bin dabei an deinem Profil hängen geblieben, obwohl es eher ein Profil wäre, über das man hinwegsurft. Du hast kein Foto und gibst viel weniger von dir Preis, als die anderen Frauen hier und gerade das ist es, was mich an dir interessiert. Ich würde zu gerne wissen, wer sich hinter diesem unscheinbaren und doch so spannenden Profil verbirgt. Hast du Lust, mich kennenzulernen? Chris."
Ginger bemerkte, wie ihr Herz klopfte. Diese Nachricht klang so ehrlich und sympathisch. Sie surfte zu Chris' Profil, der sich „up to date" nannte und war beeindruckt. Laut seinen Angaben war Chris 41 Jahre alt, dunkelhaarig und ziemlich attraktiv. Er war knapp 1.90 groß, sportlich und hatte braune Augen. Er arbeitete als Rechtsanwalt in Manhattan, war geschieden und suchte nun die Frau seines Lebens. Das Foto, das ihn zeigte, untermauerte seine Angaben. Er war wirklich ein gut aussehender Typ und Ginger wunderte sich, warum gerade er sich hier auf so einer Plattform herumtrieb. Andererseits, er war geschieden,

stand mitten im Leben und hatte als Anwalt vermutlich alle Hände voll zu tun. Außerdem hatte angegeben, dass er ein Kind hatte, klar, dass da kaum noch Zeit für die Partnersuche im echten Leben blieb. Mit einem Kribbeln im Bauch antwortete Ginger ihm.

„Lieber Chris, vielen Dank für deine Nachricht. Ich bin ehrlich gesagt überrascht, jemanden wie dich hier zu finden. Die Typen, die mich bislang kontaktiert haben, waren alle ... irgendwie anders. Möchtest du mir ein klein wenig von dir erzählen? Ginger"

Es dauerte keine zehn Minuten, und Ginger erhielt eine Antwort von Chris:

„Hallo Ginger, ich finde deinen Namen großartig. Natürlich erzähle ich dir gerne etwas über mich. Mein Name ist Chris, ich bin 41 und lebe gemeinsam mit meinem Teenagersohn auf Long Island. Ich hoffe, mein Sohn ist für dich kein Problem – das ist er leider für viele Frauen, die Männern mit Kindern keine Chance geben wollen. Ich bin bereits zweimal geschieden – einmal eine „Jugendsünde" und einmal hat es eben einfach nicht gepasst. Ich arbeite für eine bekannte Kanzlei in Manhattan, verbringe viel Zeit beim Sport und draußen und habe in letzter Zeit festgestellt, dass mir trotz allem einfach etwas – jemand – fehlt. Ich suche die Nähe und Liebe einer Frau, mit der ich gemeinsam meine Zukunft gestalten kann. Ich hoffe, das

klingt jetzt nicht alles zu schmalzig und ich habe immer noch eine Chance, die Frau hinter diesem spannenden Profil kennenzulernen. Erfahre ich auch etwas mehr über dich? Chris.“

Ginger haute umgehend in die Tasten. Es war ihr egal, dass es bereits nach Mitternacht war und dass sie am nächsten Tag in der Redaktion aussehen würde, wie schon mal gegessen. Chris war unglaublich anziehend, und das, obwohl sie kaum etwas von ihm wusste, und das wenige, das er von sich preis gegeben hatte – nämlich, dass er ein Kind hatte und bereits zweimal geschieden war, nicht gerade Attribute waren, die Ginger für gewöhnlich anzogen. Aber etwas an ihm sagte ihr, ihm sofort zurückzuschreiben.

Als Gingers Wecker sie am nächsten Tag aus dem Schlaf holte, hätte sie ihn am liebsten gegen die nächste Wand geknallt. Sie und Chris hatten sich bis vier Uhr morgens E-Mails geschickt und zwischendurch war es fast so etwas wie eine Sucht gewesen, auf Chris‘ E-Mails zu warten und darauf zu antworten. Sie hatte einiges über ihn erfahren, zum Beispiel, dass sein Sohn 13 war und ihm im Augenblick einiges abverlangte, was das Grenzen-austesten betraf, dass er trotz seiner zwei gescheiterten Ehen immer noch an die wahre Liebe glaubte und nicht ausschloss, ein drittes Mal vor den Altar zu treten. Dass er in Stanford Jura studiert und mit summa cum laude promoviert hatte, dass er eine Leidenschaft fürs Klettern entwickelt hatte und Europa liebte. Und dass er keine bestimmten Vorstellungen hatte, was seine Traumfrau betraf, solange sie nur nett, bodenständig, intelligent, charmant und witzig war. Übrigens alles Eigenschaften, die – so sagte er – auf Ginger zutrafen. Jetzt schaffte sie es kaum, die Augen aufzumachen und obwohl es draußen bereits hell war und sie sich ohnehin eine halbe Stunde mehr schlaf als üblich gegönnt hatte, hätte sie alles dafür gegeben, noch eine Stunde schlafen zu können. Sie tastete unbeholfen nach ihrem Telefon, das sie achtlos auf ihren Nachttisch geworfen hatte, nachdem sie und Chris sich voneinander verabschiedet hatten und öffnete ihre E-Mail-App. Über Nacht hatten sich weitere 137 Nachrichten von Perfect Match angesammelt, doch Ginger interessierte nur die eine, die Chris ihr geschickt hatte. Mit klopfendem Herzen öffnete sie. Die Worte zauberten ein Lächeln auf ihr Gesicht.

„Danke für diese einzigartige Nacht, liebe Unbekannte. Obwohl du mir den Schlaf geraubt hast und ich heute vermutlich ziemlich doof aus der Wäsche schauen werde, beginne ich diesen Tag mit einem Lächeln. Ich würde mich freuen, heute wieder von dir zu hören. Dein Chris."

Ginger grinste. Wie ein Honigkuchenpferd. Und wenn

sie keine Ohren gehabt hätte, wäre die obere Hälfte ihres Kopfes wohl abgefallen, weil sie rundum gegrinst hätte. Sie kannte Chris so gut wie überhaupt nicht und trotzdem fühlte sie sich auf seltsame Art und Weise zu ihm hingezogen. Obwohl er ein Kind hatte und zweimal geschieden war. Beides Dinge, das bei Ginger für gewöhnlich Fluchtgedanken auslösten. Sie schrieb Chris kurz zurück, gönnte sich dann noch zwei Minuten mit geschlossenen Augen im Bett und zwang sich dann, aufzustehen.

„Großer Gott, Ginger, hast du die Nacht durchgefeiert?“ Maddie sah ihre Freundin neugierig an, als die – später als gewöhnlich – ins Büro kam. Sie stellte die übergroße Dose Red Bull auf ihrem Schreibtisch ab und ließ sich in den Stuhl fallen.
„Also eigentlich“, grinste sie, „hab ich gearbeitet. Bis vier Uhr morgens.“
Was?“ Maddie rutschte mit ihrem Schreibtischstuhl etwas von ihrem Bildschirm ab, um Ginger sehen zu können.
„Ich habe an meinem Projekt mit den Datingplattformen gearbeitet – und jemanden kennengelernt.“ Sie grinste.
„Du hast also … eine Versuchsperson?“, fragte Maddie, die genau wusste, dass ihre beste Freundin niemals so grinste, wenn es sich nur um den Job handelte. Viel eher hatte sie jemanden aufgetan, der viel mehr als nur

eine Versuchsperson war.
„Ja“, sagte Ginger und sah dabei aus wie eine verliebte Vierzehnjährige, was ihr selbst ziemlich verrückt vorkam.

„Nun erzähl schon und lass dir nicht alle Infos über deinen Traummann aus der Nase ziehen“, rief Maddie.
„Traummann?“ Emma und Carlie steckte ihre Köpfe in das Büro.
„Ginger hat einen Typen auf der Datingplattform kennengelernt, der viel mehr ist, als nur ein Versuchsprojekt“, informierte Maddie die beiden.
„Was? Ginger, lass hören“, sagte Carlie, während sie und Emma auf dem gemütlichen Sofa Platz nahmen, das sich in Maddies und Gingers Büro befand.
„Also, er ist 41, Anwalt, zweimal geschieden und hat einen 13jährigen Sohn“, begann Ginger und ihre Freundinnen hingen an ihren Lippen.
„Zweimal geschieden und ein Sohn“, wiederholte Emma ungläubig, „das waren doch früher mal K.O.-Kriterien bei dir.“
„Ich weiß, sind sie auch noch, aber … wir haben über fünf Stunden getextet und am Ende des Tages war es mir nicht mehr wichtig, ob er geschieden ist oder ein Kind hat.“
„Aber … es geht hier doch immer noch um dein Projekt, oder? Ich meine, du musst eine Reportage darüber verfassen, wie man so einen Typen an sich bindet. Kannst du das immer noch, wenn du Gefühle

für den Typen entwickelst?“, fragte Carlie.
„Darüber habe ich schon nachgedacht“, sagte Ginger, „ich meine, im Augenblick ist alles noch offen. Aber wenn das zwischen Chris und mir ….“, sie machte eine kurze Pause, um sich angemessen auszudrücken, „etwas Dauerhaftes werden könnte, dann werde ich ihn wohl einweihen müssen. Ich meine, ich nenne ja keine Namen. Und vielleicht hilft er mir ja dabei, den Content zu erarbeiten. Vielleich kann er die Dinge aus seiner Sicht schildern, was ihm als Mann wichtig ist, wie eine Frau auf ihn zugeht und so … Aber … jetzt wollen wir nicht mit der Tür ins Haus fallen. Vielleicht verstehen wir uns ja gar nicht, wenn wir uns dann das Erste Mal sehen.“
„Und außerdem könntest du heute Abend deinem Traummann über den Weg laufen, der noch viel heißer ist, als dein Chris“, sagte Carlie. Ginger zog die Augenbraue hoch.
„Heute Abend, schon vergessen? Die VIP-Party im Club 57. Troy hat uns Tickets besorgt, weil er die Software für die Unternehmensgruppe macht, die den Club betreibt.“
„Oh klar, das hatte ich ganz vergessen“, sagte Ginger. Über all die Nachrichten, die sie mit Chris ausgetauscht hatte, hatte sie die Verabredung mit ihren Freundinnen tatsächlich vergessen.

Verabredung #2 Mr. „Ich-steh-halt-nur-auf-Hungerhaken"

Nach meinem Date mit Danny dachte ich eigentlich, dass es nicht mehr schlimmer kommen könnte. Dann lernte ich Mark kennen, der mich mit seiner ersten E-Mail unglaublich zum Lachen brachte. Er wirkte wie ein Mann von Welt, war wortgewandt und selbstbewusst, was ihn unglaublich sexy wirken ließ. Mit Mark hatte ich einiges an E-Mail-Kontakt und mit ihm habe ich auch einige Zeit lang telefoniert. Er machte keinen Hehl daraus, dass er sich im Augenblick mit vier Frauen gleichzeitig traf, versicherte mir aber, dass er sich nur noch auf eine konzentrierte, sollte er sich verlieben. Mark schien mir für mein Projekt der ideale Proband zu sein und ja … auch persönlich fand ich ihn sehr interessant. Er hatte ein offenbar bewegtes Leben hinter sich, hatte bereits viel von der Welt gesehen und war kein Kind von Traurigkeit. Es gefiel mir, wie ehrlich er mit mir war, in Bezug auf seine anderen Bekanntschaften. Mark wirkte wie ein echter Kerl, ein Mann. Jemand, der mich echt interessierte.

Weil Mark mir so sympathisch war, lud ich ihn zu mir nach Hause ein. Ich mochte ihn, ich war der Meinung, in meinen eigenen vier Wänden besser an meinem Projekt arbeiten zu können und zugegeben, sollten wir uns näher kommen wollen, würde dem in meinem Haus nichts im Wege stehen. Ich kochte als

Spaghetti Bolognese und Tiramisu zum Nachtisch, deckte den Tisch im Esszimmer, legte leise Musik auf und war unglaublich aufgeregt, als Mark an der Tür klingelte. Als ich öffnete, sah er mich für zwei Sekunden an, ehe er mich in seine Arme zog und küsste. Ich war überrascht, wie offensiv er auf mich zuging, ich muss dazu aber sagen, dass es mir auch sehr gut gefallen hat. Rein optisch war Mark nicht mein Typ. Er war knapp 1.80 groß und ich bevorzuge richtig große Kerle. Außerdem war er kahlköpfig, allerdings machte sein Charakter all diese optischen „Schwächen" wieder wett. Und ich wollte ohnehin niemand sein, der Menschen nur nach der Optik bewertete. Bei Mark schien es zu funktionieren. Er übte eine gewisse Anziehung auf mich aus und interessierte mich auf zwei Weisen. Einmal für mein Projekt und einmal für mich persönlich.

Wir verbrachten einen netten Abend, aßen Pasta und Tiramisu und tranken dazu einen wirklich sehr guten Wein, den er mitgebracht hatte. Ich war gerade dabei, meine Reportage anzuschneiden - ich hatte vor, Mark zu bitten, mir bei meiner Recherche zu helfen und mir Rede und Antwort zu stehen, wollte ihm aber auch zu verstehen geben, dass mein Interesse an ihm über das Berufliche hinaus ging - da bemerkte ich, dass er irgendwie … abwesend wirkte, ja fast gelangweilt, also fragte ich ihn, was los sei. Er sah mich einige Augenblicke lang an.

„Du bist eine echt tolle Frau, Ginger“, sagte er, und noch bevor er weitersprach, war mir klar, dass ich mir jetzt einen Korb allererster Sahne einfangen würde.
„Danke“, erwiderte ich.
„Aber weißt du, ich steh halt nur auf Hungerhaken.“
Ich sah ihn an. Ja, ich bin kein Hungerhaken, soviel steht fest. Meine Kleidergröße schwankt zwischen 38 und 40, ich esse gerne, treibe aber ebenso gerne Sport. Ich bin zufrieden mit meinem Körper und würde gar nicht anders aussehen wollen.
„Wie bitte?“, fragte ich.
„Es tut mir leid, ich bin mir sicher, dass du die absolute Traumfrau bist und dir einen Kerl verdienst, der dir die Sterne vom Himmel holt, aber ich mag nur ganz dünne Frauen. Ich … es hat mir ehrlich gesagt schockiert, welche enormen Portionen du dir hineinstopfst.“
Ich konnte es nicht glauben. Ich hatte eine ganz normale Portion Pasta und ein kleines Stück Tiramisu gegessen. Niemals wäre ein normal denkender Mensch auf die Idee gekommen, dieses Essen als „enorme Portionen“ zu bezeichnen. Ich war so perplex, dass ich außer „Okay…“ nichts sagen konnte, doch Mark hatte bereits sein Handy gezückt und wischte darauf herum.
„Sieh mal - das hier ist eine scharfe Braut. Sandy. Sie vögel‘ ich aktuell am meisten.“
Er hielt mir sein Handy unter die Nase, auf dessen Display eine billig wirkende, klapperdürre Bohnenstange in einem Minirock

zu sehen war. Dann wischte er weiter. Die Bohnenstange in Unterwäsche, die Bohnenstange auf einem Selfie und die Bohnenstange oben ohne in seinen Armen - im Bett.
„Die hier war auch echt heiß, aber nachdem ich sie zweimal gevögelt und sie ein Wochenende bei mir hab wohnen lassen, hat sie sich nicht mehr gemeldet.“ Wieder hielt Mark mir sein Handy hin. Diesmal war darauf eine Blondine zu sehen. Gleiches Frauenschema: dürr, billig und nuttig.
„Die hier …“, begann Mark, doch ich würgte ihn ab und schlug ihm vor, zu gehen. Vermutlich hätte ich Mark bitten können, mir meine Fragen für die Reportage zu beantworten, doch die Info, ich wäre ihm zu fett, nagte derart an mir, dass ich ihn einfach nur aus dem Haus haben wollte.
„Das verstehe ich“, sagte er schmunzelnd, während er sich sein Handy ans Ohr hielt, „ich werde jetzt Sandy anrufen. Die hat sicher noch Zeit, sich anständig von mir rannehmen zu lassen.“ Nachdem er sein Date mit dieser Sandy fixiert hatte, stand er auf und ging zur Tür. Dort blieb er stehen und drehte sich noch einmal um.
„Ginger?“ er sah mich fast erwartungsvoll an.
„Ja?“
„Hör mal, kannst du mir meine Flasche Wein zurückgeben? Das ist mein Lieblingswein und der ist nicht ganz billig …?“
Ich traute meinen Augen nicht, dass Mark tatsächlich die Weinflasche zurückverlangte,

die bereits zur Hälfte geleert war, gab sie ihm aber dennoch. Mit einem fast mitleidigen Blick verließ er mein Haus.

Das war jedoch nicht das letzte Mal, dass ich von Mark hörte. Etwa eine Woche später kontaktierte er mich über WhatsApp und fragte mich zunächst, wie es mir ging. Von sich erzählte er, dass er seine Sandy ständig beglückte und sie letzte Nacht bei ihm verbracht hatte. Dann nahm das Gespräch eine merkwürdige Wendung. Er fragte mich, ob mein Haus mir gehörte oder ob es gemietet war und ich erklärte ihm, dass ich es von meiner Großmutter geerbt hatte. Es wäre also meines. Plötzlich schwenkte er um. Er habe festgestellt, dass er die ganze Zeit über an mich denken müsse und ich ihm nicht mehr aus dem Kopf ging. Er würde mich wiedersehen wollen, nannte mich auf einmal „Prinzessin". Ich hatte ehrlich gesagt keine große Lust, diesen armen Wurm noch einmal zu treffen, auch nicht, obwohl ich immer noch keinen passenden Probanden für meine Reportage hatte, was ich ihm auch sagte. Außerdem konnte ich mir nicht vorstellen, dass sich seine Einstellung, er würde nur auf klapperdürre Bohnenstangen stehen, geändert hatte.
„Ich vögle Sandy doch nur, weil ich den Kopf freikriegen kann. Schließlich hab ich genug Scheiße, mit der ich mich rumschlagen muss", versuchte er die Mitleidstour und ich stieg mit ein. Schließlich erklärte er mir, dass er siebzigtausend Dollar Schulden bei einem

Kredithai hatte. Es war scheinbar nicht einfach, die „Hungerhaken" bei Laune zu halten, die zwar zurückhaltend waren, was ihre Essensportionen betraf, nicht aber, wenn es um Wochenendtrips, teuren Schmuck und Designerhandtaschen ging. Sandy habe er erst letzte Woche einen Gebrauchtwagen gekauft, der mit zwölftausend Riesen zu Buche schlug. Dummerweise hatte er seine Ersparnisse aufgebraucht und ein paar ziemlich üble Typen würden ihn wohl in die Mangel nehmen, würde er nicht zumindest einen Teil seiner Schulden begleichen. Auf die Frage, was ich mit dieser bedauerlichen Angelegenheit zu tun hatte, meinte Mark, ich könnte bestimmt eine Hypothek auf mein Haus aufnehmen, damit er mit dem Geld seine Schulden begleichen konnte. Im Gegenzug dazu würde er mit mir eine Beziehung führen und sich „zusammennehmen", was die anderen Frauen betraf.

Ich schickte Mark die Nummer der Schuldnerberatung von Manhattan und wünschte ihm viel Glück mit den beiden üblen Typen, die ihn wohl bald heimsuchen würden.

*Bei dem Titel „Glamerica Girls 4 – Liebe auf den ersten Klick" handelt es sich noch um einen Arbeitstitel, der sich möglicherweise noch ändern kann.

Schon fertig mit Lesen? Mehr erwünscht? Von DanielaFelbermayr sind bisher folgende Titel als eBook und Taschenbuch erschienen:

Bis wir uns wiedersehen (nur eBook)
Hollywood & Bücherwurm
Home at Heart – Liebe auf Umwegen
Bride on Time – Die geborgte Braut
Love Extreme – Mit Vollgas ins Glück
Dear Robin – Auf Irrwegen ins Herz
Ways of Life – An Deiner Seite
Ways of Life 2 – Lifethieves
Zauberhafte Weihnachten
That Kiss next Door (nur eBook)
Serenity Hill – Die Liebe Deines Lebens
Smalltowngirl – Glamerica Girls Band 1
Das Wunder von Silent Hollow
Time for Candy – Pink Powderpuff Classics – Band 1
Sugarbaby
Time for Kisses – Pink Powderpuff Classics – Band 2
Herzensbrecher küssen besser – Glamerica Girls Band 2
Time for Romance – Pink Powderpuff Classics – Band 3
Verzauberte Weihnachten
Time for Christmas – Pink Powderpuff Classics – Band 4
Love on Stage – Glamerica Girls Band 3
Prince Charming … und andere Katastrophen

Für weitere Infos zur Autorin, deren Bücher sowie News und Gewinnspiele besuchen Sie www.pink-powderpuff-books.com oder werden Sie Fan von Pink Powderpuff Books auf Facebook

20697956R00155

Printed in Poland
by Amazon Fulfillment
Poland Sp. z o.o., Wrocław